El Hijo del Lobo

Por

Jack London

Copyright del texto © 2023 Culturea ediciones
Sitio web : http://culturea.fr
Impresión: BOD - Books on Demand
(Norderstedt, Alemania)
Correo electrónico : infos@culturea.fr
ISBN :9791041808014
Depósito legal : abril 2023

-Carmen no durará más de un par de días.

Mason escupió un trozo de hielo y observó compasivamente al pobre animal. Luego se llevó una de sus patas a la boca y comenzó a arrancar a bocados el hielo que cruelmente se apiñaba entre los dedos del animal.

-Nunca vi un perro de nombre presuntuoso que valiera algo -dijo, concluyendo su tarea y apartando a un lado al animal-. Se extinguen y mueren bajo el peso de la responsabilidad. ¿Viste alguna vez a uno que acabase mal llamándose Cassiar, Siwash o Husky? ¡No, señor! Échale una ojeada a Shookum, es...

¡Zas! El flaco animal se lanzó contra él y los blancos dientes casi alcanzaron la garganta de Mason.

-Conque sí, ¿eh?

Un hábil golpe detrás de la oreja con la empuñadura del látigo tendió al animal sobre la nieve, temblando débilmente, mientras una baba amarilla le goteaba por los colmillos.

-Como iba diciendo, mira a Shookum, tiene brío. Apuesto a que se come a Carmen antes de que acabe la semana.

-Yo añadiré otra apuesta contra ésa -contestó Malemute Kid, dándole la vuelta al pan helado puesto junto al fuego para descongelarse. Nosotros nos comeremos a Shookum antes de que termine el viaje. ¿Qué te parece, Ruth?

La india aseguró la cafetera con un trozo de hielo, paseó la mirada de Malemute Kid a su esposo, luego a los perros, pero no se dignó responder. Era una verdad tan palpable, que no requería respuesta. La perspectiva de doscientas millas de camino sin abrir, con apenas comida para seis días para ellos y sin nada para los perros, no admitía otra alternativa. Los dos hombres y la mujer se agruparon en torno al fuego y empezaron su parca comida. Los perros yacían tumbados en sus arneses, pues era el descanso de mediodía, y observaban con envidia cada bocado.

-A partir de hoy no habrá más almuerzos -dijo Malemute Kid-. Y tenemos que mantener bien vigilados a los perros... Se están poniendo peligrosos. Si se les presenta oportunidad, se comerán a uno de los suyos en cuanto puedan.

-Y pensar que yo fui una vez presidente de una congregación metodista y enseñaba en la catequesis... -habiéndose desembarazado distraídamente de esto, Mason se dedicó a contemplar sus humeantes mocasines, pero Ruth lo sacó de su ensimismamiento al llevarle el vaso-. ¡Gracias a Dios tenemos té en abundancia! Lo he visto crecer en Tenesí. ¡Lo que daría yo por un pan de maíz caliente en estos momentos! No hagas caso, Ruth; no pasarás hambre por mucho tiempo más, ni tampoco llevarás mocasines.

Al oír esto, la mujer abandonó su tristeza y sus ojos se llenaron del gran amor que sentía por su señor blanco, el primer hombre blanco que había visto…, el primer hombre que había conocido que trataba a una mujer como algo más que un animal o una bestia de carga.

-Sí, Ruth -continuó su esposo, recurriendo a la jerga macarrónica en la que sólo se podían entender-. Espera a que recojamos y partamos hacia El Exterior. Tomaremos la canoa del Hombre Blanco e iremos al Agua Salada. Sí, malas aguas, tempestuosas…, grandes montañas que danzan subiendo y bajando todo el tiempo. Y tan grande, tan lejos, tan lejos… viajas diez jornadas, veinte jornadas, cuarenta jornadas -enumeró gráficamente los días con sus dedos-; siempre agua, malas aguas. Entonces llegas a un gran poblado, mucha gente, tanta como los mosquitos del próximo verano. Tiendas tan altas… como diez, veinte pinos. ¡Hi yu skookum!1

Se detuvo impotente, echándole una mirada suplicante a Malemute Kid, y laboriosamente colocó por señas los veinte pinos, punta sobre punta. Malemute Kid sonrió con alegre cinismo; pero los ojos de Ruth se abrieron con asombro y placer; creía a medias que la estaba engañando, y tal condescendencia halagaba su pobre corazón de mujer.

-Y luego entras en una… caja, y ¡zas!, subes hacia arriba -lanzó su taza vacía al aire para ilustrarlo, y mientras la cogía hábilmente gritó-: Y ¡paf!, bajas de nuevo. ¡Ah, grandes hechiceros! Tú vas a Fuerte Yukón, yo voy a Ciudad Ártica… veinticinco jornadas… Entre los dos cables muy largo, todo seguido… cojo el cable… Yo digo: «¡Hola, Ruth! ¿Cómo estás?»… y tú dices: «¿Eres mi buen esposo?»… y yo digo: «Sí»… y tú dices: «No puedo hacer buen pan, no queda levadura.» Entonces digo: «Mira en el escondrijo, bajo la harina; adiós.» Tú miras y encuentras mucha levadura. Todo el tiempo tú en Fuerte Yukón y yo en Ciudad Ártica. ¡Gran hechicero!

Ruth sonrió tan ingenuamente con el cuento de hadas, que los hombres estallaron en carcajadas. Una pelea entre los perros vino a cortar por lo sano las maravillas de El Exterior, y para cuando separaron a los combatientes, Ruth había amarrado los trineos y estaba lista para el camino.

-¡Arre! ¡Baldy! ¡Arre!

Mason restalló diestramente el látigo y, mientras los perros aullaban débilmente en sus correas, abrió la marcha tirando de la vara del trineo. Ruth lo seguía con el segundo grupo de perros, dejando a Malemute Kid, que la había ayudado a partir, cerrar la marcha. Un hombre fuerte, una bestia, capaz de derrumbar a un buey de un golpe, no podía soportar pegar a los pobres animales, y los mimaba como raramente hace un conductor de perros..., es más, casi lloraba con ellos en su miseria.

- ¡Venga, adelante, pobres bestias doloridas! -murmuró, después de varios intentos infructuosos por arrancar. Pero su paciencia se vio recompensada al fin, y, aunque gimiendo de dolor, se apresuraron a reunirse con sus compañeros.

Ya no hubo más conversación; la dificultad del camino no permite tales lujos. Y entre todas las faenas, la de la ruta del Norte es la peor. Dichoso el hombre que puede soportar una jornada de viaje a base de silencio, y eso en una ruta ya abierta. Pues de todas las descorazonadoras tareas, la de abrir camino es la peor. A cada paso las grandes raquetas se hunden hasta que la nieve llega a la altura de las rodillas. Luego, hacia arriba, derecho hacia arriba, pues la desviación de una fracción de pulgada es anuncio cierto del desastre; la raqueta se eleva hasta que la superficie queda limpia; luego adelante, abajo, el otro pie se eleva perpendicular a media yarda. El que lo intenta por primera vez puede sentirse feliz, si evita colocar las botas en esa peligrosa cercanía y caer sobre la traicionera superficie, se rendirá exhausto después de cien yardas; el que puede mantenerse alejado de los perros por un día entero puede muy bien meterse en su saco de dormir con la conciencia tranquila y un orgullo fuera de toda comprensión. Y el que viaja veinte jornadas sobre la larga ruta es un hombre que merece la envidia de los dioses.

La tarde pasó, y con el respeto nacido del silencio blanco, los silenciosos viajeros se aplicaron a su trabajo. La naturaleza tiene muchas artimañas para convencer al hombre de su finitud -el incesante fluir de las mareas, la furia de la tormenta, la sacudida del terremoto, el largo retumbar de la artillería del cielo-, pero la más tremenda, la más sorprendente de todas es la fase pasiva del silencio blanco. Cesa todo movimiento, el aire se despeja, los cielos se vuelven de latón; el más pequeño susurro parece un sacrilegio, y el hombre se torna tímido, asustado del sonido de su propia voz. Única señal de vida que viaja a través de las espectrales inmensidades de un mundo muerto, tiembla ante su propia audacia, se da cuenta de que su vida no vale más que la de un gusano. Surgen extraños pensamientos no llamados, y el misterio de todas las cosas pugna por darse a conocer. Y el temor a la muerte, a Dios, al universo, se apodera de él, la esperanza en la resurrección y la vida, su deseo de inmortalidad, la lucha vana de la esencia aprisionada. Entonces, si alguna vez ocurre, el hombre camina solo con Dios.

Así pasó lentamente el día. El río trazaba un gran meandro y Mason dirigió su partida hacia él a través del estrecho cuello de tierra. Pero los perros retrocedieron ante la empinada ribera. Una y otra vez, a pesar de que Ruth y

Malemute Kid empujaban el trineo, resbalaban de nuevo hasta el fondo. Entonces vino el esfuerzo supremo. Las miserables criaturas, debilitadas por el hambre, reunieron sus últimas fuerzas. Arriba, arriba… El trineo se detuvo en la cima de la ladera, pero el perro que iba a la cabeza giró toda la reata hacia la derecha, enredando las raquetas de Mason. El resultado fue desastroso. Mason cayó de repente al suelo; uno de los perros se derrumbó sobre sus arneses; y el trineo se volcó hacia atrás, arrastrando de nuevo todo hasta el fondo.

¡Zas! El látigo cayó sobre los perros salvajemente, sobre todo en el que había tropezado.

- ¡No, Mason! -suplicó Malemute Kid-. El pobre diablo no puede más. Espera y engancharemos mis perros.

Mason retuvo el látigo intencionadamente hasta que se apagó la última palabra, entonces restalló el largo látigo, rodeando completamente el cuerpo de la criatura culpable. Carmen -porque de Carmen se trataba- se agazapó en la nieve, lloró lastimosa y se volvió sobre el costado.

Era un momento trágico, un patético incidente del camino: un perro agonizante y dos compañeros enfurecidos. Ruth miró ansiosamente de un hombre al otro. Pero Malemute Kid se contuvo, aunque había un mundo de reproche en sus ojos, e inclinándose sobre el perro cortó las correas. No pronunciaron ni una palabra. Ataron a los perros en doble hilera y superaron la dificultad; los trineos estaban de nuevo en camino, con el perro moribundo arrastrándose detrás. Mientras el animal pueda viajar no se le sacrifica, se le ofrece esta última oportunidad, arrastrarse hasta el campamento si puede, con la esperanza de que allí se mate un alce.

Arrepentido ya de su ataque de ira, pero demasiado terco para enmendarse, Mason faenaba a la cabeza de la cabalgata, sin imaginarse que el peligro flotaba en el aire. La leña caída se apilaba densamente en el protegido suelo, y a través de ella se abrieron paso. A cincuenta pies o más del camino se alzaba un alto pino. Durante generaciones había permanecido allí, y durante generaciones el destino había tenido este único fin previsto. Quizás se había decretado lo mismo para Mason.

Se agachó para atarse el cordón del mocasín. Los trineos se detuvieron y los perros se tumbaron en la nieve sin un gemido. La quietud era extraña; ni un soplo hacía crujir el bosque cubierto de escarcha. El frío y el silencio del espacio habían helado el corazón y apagado los temblorosos labios de la naturaleza. Un suspiro latió en el aire. No lo oyeron, más bien lo sintieron, como la premonición de un movimiento en el vacío inmóvil. Entonces el gran árbol, cargado con su peso de años y nieve, representó su papel en la tragedia de la vida. Oyó el estrépito de advertencia e intentó saltar, pero, casi en pie, recibió el golpe de lleno en el hombro.

El súbito peligro, la muerte repentina... ¡Cuán a menudo se había enfrentado a ella Malemute Kid! Las ramas del pino aún temblaban mientras daba órdenes y entraba en acción. Tampoco se desmayó ni elevó la voz en lamentos inútiles la muchacha india, como podían haber hecho sus hermanas blancas. Cumpliendo las órdenes del hombre, echó su peso sobre el extremo de una palanca improvisada, aliviando el peso y escuchando los gemidos de su esposo, mientras Malemute Kid atacaba el árbol con el hacha. El acero repicaba alegremente al morder el tronco helado, cada golpe acompañado por una respiración audible y forzada, el «¡huh!» «¡huh!» del leñador.

Al fin Kid tendió sobre la nieve a la lastimosa criatura que una vez fuera hombre. Pero peor que el dolor de su compañero era la muda angustia reflejada en la cara de la mujer, la mirada mezcla de esperanza y desesperación. Se cruzaron pocas palabras. Los de las tierras del Norte aprenden pronto la futilidad de las palabras y el valor inestimable de los hechos. Con la temperatura a sesenta y cinco bajo cero, un hombre no puede permanecer tumbado en la nieve por muchos minutos y sobrevivir. Por tanto, cortaron las correas del trineo y tendieron a la víctima, envuelta en pieles, en un lecho de ramas. Ante él ardía un fuego, hecho de la misma madera que había provocado la desgracia. Detrás de él, y cubriéndolo parcialmente, estaba extendido un toldo primitivo, un trozo de lona que captaba las radiaciones de calor y las devolvía hacia él, un truco que conocen los hombres que estudian física en sus fuentes.

Los hombres que han compartido su lecho con la muerte saben cuándo les llama. Mason estaba terriblemente machacado. El examen más superficial así lo revelaba. Tenía rotos el brazo derecho, la pierna y la espalda; sus miembros estaban paralizados desde las caderas; y la probabilidad de heridas internas era grande. El único signo de vida era un gemido ocasional.

Ninguna esperanza; no había nada que hacer. La noche implacable se deslizó lentamente sobre ellos. Ruth sufría con el desesperado estoicismo de su raza, y nuevas arrugas acudían al rostro de bronce de Malemute Kid. De hecho, Mason sufría menos que ninguno, pues estaba al este de Tenesí, en las grandes montañas Smokey, reviviendo escenas de su niñez. Y lo más patético era la melodía de su ya olvidado nativo dialecto sureño, mientras deliraba sobre las charcas en que nadaba, las cazas de mapache y robos de sandías. A Ruth le sonaba a chino, pero Kid comprendía, y sentía, sentía como sólo puede sentir alguien aislado durante años de la civilización.

La mañana devolvió la consciencia al hombre postrado, y Malemute Kid se inclinó sobre él para captar sus susurros.

-¿Recuerdas cuando nos encontramos en el Tanana, hará cuatro años en el próximo deshielo? No me importaba mucho entonces. Creo más bien que era bonita, y había un toque de emoción en todo ello. Pero, sabes, he llegado a tenerle un gran afecto. Ha sido una buena esposa para mí, siempre a mi lado en las dificultades. Y cuando llega la hora de comerciar, no hay otra igual. ¿Recuerdas aquella vez que disparó a los rápidos de Moosehorn para sacarnos a ti y a mí de esa roca, y las balas azotaban el agua como granizo? ¿Y cuando el hambre en Nukluyeto? ¿O cuando se adelantó al deshielo para traernos la noticia? Sí, ha sido una buena esposa para mí, mejor que la otra. ¿No sabías que antes estuve casado? Nunca te lo dije, ¿verdad? Pues lo ensayé otra vez, en Estados Unidos. Por eso estoy aquí. Habíamos crecido juntos. Me vine para. darle una oportunidad de que le concedieran el divorcio. Lo consiguió.

»Pero eso no tiene nada que ver con Ruth. Pensé en recoger todo y salir para El Exterior el año que viene, ella y yo, pero es demasiado tarde. No la mandes de nuevo con su gente, Kid. Es muy duro tener que volver. ¡Piénsalo! Casi cuatro años a base de nuestra tocineta, judías, harina y fruta seca, y volver a su pescado y caribú. No es bueno que haya conocido nuestras costumbres, llegar a ver que son mejores que las de su pueblo, y luego volver a ellas. Cuida de ella, Kid, ¿lo harás? No, no lo harás. Tú siempre la eludiste. Y nunca me dijiste por qué viniste a estas tierras. Sé bueno con ella, y mándala a Estados Unidos en cuanto puedas. Pero arréglalo de manera que pueda volver, quizás eche esto de menos.

»Y el niño… Nos ha acercado más, Kid. Espero que sea un chico. ¡Piénsalo! Carne de mi carne, Kid. No debe quedarse en este país. Y, si es una chica, pues tampoco. Vende mis pieles; conseguirás al menos cinco mil, y tengo otras tantas en la compañía. Y administra mis intereses junto con los tuyos. Creo que se resolverá la demanda del tribunal. Cuida de que reciba una buena educación; y Kid, sobre todo, no le dejes volver. Este país no es para hombres blancos.

»Soy un hombre perdido, Kid. Tres o cuatro jornadas más a lo sumo. ¡Ustedes deben seguir! Recuerda, es mi mujer, es mi hijo… ¡Dios mío! ¡Espero que sea un chico! No puedes permanecer a mi lado… Y yo, un moribundo, te ordeno seguir.

-Dame tres días -suplicó Malemute Kid-. Puedes mejorar; algo puede pasar.

-No.

-Sólo tres días.

-Deben seguir.

-Dos días.

-Son mi mujer y mi hijo, Kid. Tú no lo pedirías.

-Un día.

-¡No, no! Te ordeno…

-Sólo un día, lo podemos ahorrar de la comida, y quizás mate un alce.

-No. Bueno, un día, pero ni un minuto más. Y Kid, no, no me dejes solo para enfrentarme a ella. Sólo un disparo, un apretón de gatillo. Tú lo entiendes. ¡Piénsalo! ¡Carne de mi carne, y no viviré para verle!

»Mándame a Ruth. Quiero despedirme y decirle que piense en el niño y que no espere a que me muera. De lo contrario, podría negarse a marchar contigo. Adiós, amigo, adiós.

»Kid, quería decir… Cava un hoyo por encima de la señal, cerca de la falla. Saqué unos cuarenta centavos de oro con mi pala allí.

»Y ¡Kid! -se agachó aún más para oír sus últimas palabras, la rendición del orgullo de un moribundo-. Siento lo de…, ya sabes…, lo de Carmen.

Dejó a la muchacha llorando suavemente sobre su hombro. Malemute Kid se puso la parka y las raquetas de nieve, guardó el rifle bajo el brazo y silenciosamente salió al bosque. No era ningún novato en las severas penas de las tierras del Norte, pero nunca se había enfrentado a un problema como éste. En lo abstracto estaba claro, tres posibles vidas contra una ya condenada. Pero dudaba. Durante cinco años, hombro con hombro, en los ríos y en los caminos, en los campamentos y en las minas, haciendo frente a la muerte por congelación, inundaciones y hambre, habían atado los lazos de su compañerismo. Tan apretado era el nudo, que a menudo se había dado cuenta de unos vagos celos de Ruth, desde la primera vez que entró entre ellos. Y ahora tenía que cortarlo con sus propias manos.

Aunque rezó por un alce, un solo alce, toda la caza parecía haber abandonado la tierra, y el anochecer halló al hombre exhausto, arrastrándose hacia el campamento, con las manos vacías y un gran peso en el corazón. Un alboroto de los perros y los gritos agudos de Ruth le hicieron apresurarse.

Al irrumpir en el campamento, vio a la muchacha, en medio de la jauría aullante, golpeando con el hacha. Los perros habían roto el férreo mandato de sus dueños y devoraban la comida. Se unió a la contienda con la culata del rifle, y el antiguo proceso de la selección natural tuvo lugar de nuevo con la brutalidad de aquel primitivo ambiente. Rifle y hacha subían y bajaban, acertaban o fallaban con una regularidad monótona; cuerpos elásticos destellaron, con ojos salvajes y fauces babosas; y hombre y bestia lucharon por la supremacía hasta el más amargo término. Luego, las apaleadas bestias se arrastraron hasta el borde de la luz de la hoguera, lamiéndose las heridas, elevando sus quejas a las estrellas.

Habían devorado toda la provisión de salmón seco, y quizás quedasen cinco libras de harina para sostenerlos a lo largo de doscientas millas de páramos. Ruth regresó junto a su esposo, mientras Malemute Kid cortaba en pedazos el cuerpo caliente de uno de los perros, cuyo cráneo había sido aplastado por el hacha. Guardó cada trozo cuidadosamente, excepto la piel y las entrañas, que echó a los que momentos antes fueran sus compañeros.

La mañana trajo nuevos problemas. Los animales se volvían unos contra otros. Carmen, que aún se aferraba a su delgado hilo de vida, acabó devorada por la jauría. El látigo cavó sin miramientos sobre ellos. Se agachaban y aullaban bajo los golpes, pero se negaron a dispersarse hasta que el último miserable trozo hubo desaparecido: huesos, piel, pelo, todo.

Malemute Kid realizó sus tareas, escuchando a Mason que estaba de nuevo en Tenesí, pronunciando discursos enredados y violentas exhortaciones a sus hermanos de otros tiempos.

Aprovechando los pinos cercanos, trabajó rápidamente, y Ruth lo observó mientras construía un escondrijo parecido a los que a veces utilizan los cazadores para guardar la carne fuera del alcance de lobos y perros. Una tras otra dobló las copas de los pinos pequeños acercándolas casi hasta el suelo y atándolas con correas de piel de alce. Entonces sometió a golpes a los perros y los amarró a dos de los trineos, cargando éstos con todo menos las pieles que cubrían a Mason. Las envolvió y sujetó con fuerza en torno a su cuerpo, atando cada extremo de sus vestimentas a los pinos doblados. Un solo golpe con el cuchillo de caza enviaría el cuerpo a lo alto.

Ruth había recibido la última voluntad de su esposo y no ofreció resistencia. ¡Pobre muchacha, había aprendido bien la lección de obediencia! Desde niña se había inclinado y había visto a todas las mujeres inclinarse ante los señores de la creación, y no parecía natural que una mujer se resistiera. Kid le permitió una sola expresión de dolor, mientras besaba a su esposo (su pueblo no tenía esa costumbre), luego la condujo al primer trineo y la ayudó a ponerse las raquetas de nieve. Ciega, instintivamente, tomó la vara y el látigo y azuzó a los perros hacia el camino. Entonces volvió junto a Mason, que había entrado en coma, y, mucho después de que ella se perdiera de vista, agazapado junto al fuego, esperando, deseando, rezando para que muriera su compañero.

No es agradable estar solo con pensamientos lúgubres en el silencio blanco. El sonido de la oscuridad es piadoso, amortajándole a uno como para protegerle, y exhalando mil consuelos intangibles: pero el brillante silencio blanco, claro y frío bajo cielos de acero, es despiadado.

Pasó una hora, dos horas, pero el hombre no moría. A media tarde el sol, sin elevar su cerco sobre el horizonte meridional, lanzó una insinuación de fuego a través de los cielos, y rápidamente la retiró. Malemute Kid se levantó y se arrastró al lado de su compañero. Lanzó una mirada a su alrededor. El silencio blanco pareció burlarse y un gran temor se apoderó de él. Sonó un disparo agudo: Mason voló a su sepulcro aéreo, y Malemute Kid obligó a los perros a latigazos a emprender una salvaje carrera mientras huía veloz sobre la nieve.

EL HIJO DEL LOBO

El hombre raras veces hace una evaluación justa de las mujeres, al menos no hasta verse privado de ellas. No tiene idea sobre la atmósfera sutil exhalada por el sexo femenino, mientras se baña en ella; pero déjeselo aislado, y un vacío creciente comienza a manifestarse en su existencia, y se vuelve ávido de una manera vaga y hacia algo tan indefinido que no puede caracterizarlo. Si sus camaradas no tienen más experiencia que él mismo, agitarán sus cabezas con aire dubitativo y le aconsejarán alguna medicación fuerte. Pero la ansiedad continúa y se acrecienta; perderá el interés en las cosas de cada día, y se sentirá enfermo; y un día, cuando la vacuidad se ha vuelto insoportable, una revelación descenderá sobre él.

En la región del Yukón, cuando esto sucede, el hombre por lo común se provee de una embarcación, si es verano; y si es invierno, coloca los arneses a sus perros, y se dirige al Sur. Unos pocos meses más tarde, suponiendo que esté poseído por una fe en el país, regresa con una esposa para que comparta con él esa fe, e incidentalmente sus dificultades. Esto sirve, sin embargo, para mostrar el egoísmo innato del hombre. Nos lleva, también, al drama de "Cogote" Mackenzie, que tuvo lugar en los viejos días, antes de que la región fuera desbandada y cercada por una marea de che-cha-quo, y cuando el Klondike solo era noticia por sus pesquerías de salmón.

"Cogote" Mackenzie cargaba las marcas distintivas de un nacimiento y una vida en la frontera. Su cara llevaba el sello de veinticinco años de lucha incesante con la Naturaleza en sus manifestaciones más salvajes: los últimos dos años, los más salvajes y duros de todos, habían sido invertidos en buscar a tientas el oro que yace a la sombra del Círculo Ártico. Cuando el mal de la ansiedad se precipitó sobre él, no se sorprendió: era un hombre práctico y había visto a otros hombres sufrir el mismo golpe. Pero no dio ninguna señal de su enfermedad, excepto que trabajaba más duramente. Todo el verano luchó contra los mosquitos y lavaba en el río Suart las barras de metal, por una subvención doble. Luego, echó a flotar una balsa con troncos para casas, Yukón abajo hacia Forty Mile, y puso en ella una cabina de cuyo confort pudiera jactarse cualquiera que allí se alojara. De hecho, exhibía una promesa tan acogedora que muchos hombres elegían asociársele, y venirse a vivir con él. Pero él cortaba de cuajo sus aspiraciones con un discurso áspero, peculiar por su fuerza y brevedad, y compraba doble ración de comida en el puesto de mercancías.

Como se habrá notado, "Cogote" Mackenzie era un hombre práctico. Si necesitaba una cosa, usualmente la conseguía. Pero al hacerlo no se apartaba de su camino más de lo estrictamente necesario. Aunque era hijo del trabajo duro y de las dificultades, era contrario a una jornada de ochocientos kilómetros sobre el hielo, una segunda de tres mil kilómetros en el océano, y todavía otros cuatro mil quinientos kilómetros —o algo así— hasta alcanzar los últimos lugares escogidos, todo ello en la mera búsqueda de una esposa. La vida era demasiado corta. Así que amarró sus perros, ató una curiosa carga a su trineo, y se encaminó a través de la línea divisoria de aguas cuyas últimas vertientes hacia el Oeste eran drenadas por la cabellera del río Tanana.

Era un viajero decidido, y sus perros-lobo podían trabajar más duro y viajar más lejos, con menos comida, que cualquier otro equipo en el Yukón. Tres semanas más tarde se introdujo de dos zancadas en un campo de caza de los sticks, en las ramificaciones del Alto Tanana. Se maravilló él mismo de su temeridad, porque esa gente tenía mala reputación y se había sabido que mataron a hombres blancos por cosas tan insignificantes como un hacha afilada o un rifle roto. Pero él fue hacia ellos a mano limpia, su conducta era una mezcla deliciosa de humildad, familiaridad, sangre fría e insolencia. Se requería una muñeca hábil y un conocimiento profundo de las mentes bárbaras para recurrir a armas tan diversas; pero él era más que un maestro en este arte, y sabía cuándo conciliar y cuándo amenazar con furia como la de Jehová.

Ante todo, rindió homenaje al jefe Thling-Tinneh, presentándose ante él con un par de libras de té negro y tabaco, y ganando de tal modo su bienvenida más cordial. Después se mezcló con los hombres y con las mujeres solteras, y esa noche dio un potlach. La nieve había golpeado a todo lo ancho de una figura oblonga, quizás de una treintena de metros de largo y cuatrocientos metros de ancho. Justo en el centro se había encendido una larga hoguera, cada uno de cuyos lados estaba prolijamente alfombrado con ramajes. Las tiendas estaban abandonadas, y el centenar aproximado de miembros de la tribu prestaba sus lenguas a los cantos folklóricos en honor de su huésped.

Los últimos dos años habían enseñado a "Cogote" Mackenzie los no muchos centenares de palabras de su vocabulario, y había conquistado igualmente sus hondos sonidos guturales, sus locuciones y construcciones de estilo japonés, y las partículas honoríficas y aglutinantes. Así, construía las oraciones de esa especial manera, satisfaciendo su instintiva vena poética con vivas descargas de elocuencia y contorsiones metafóricas. Luego de que

Thling-Tinneh y el chamán hubieron respondido de modo apropiado, él obsequió baratijas a los hombres de la tribu, se unió a sus cantos, y probó ser un experto en el juego de envite de "las cincuenta y dos estacas".

Le fumaron el tabaco, y quedaron complacidos. Pero entre los hombres más jóvenes había una actitud desafiante, un espíritu fanfarrón fácilmente advertible por las torpes insinuaciones de las indias desdentadas y las risas tontas de las muchachas solteras. Ellas habían conocido pocos hombres blancos —"Hijos del lobo"—, pero de esos pocos habían aprendido lecciones extrañas.

Pese a todo su aparente descuido, "Cogote" Mackenzie no había dejado de notar este fenómeno. En realidad, envuelto en sus pieles de dormir pensó seriamente en todo eso, y vació muchas pipas hasta planear una estrategia. Solo una muchacha había capturado su imaginación: no era otra que Zarinska, hija del jefe. En sus rasgos, formas y porte, ella respondía más cercanamente al tipo de belleza del hombre blanco y era casi una anomalía entre sus hermanas de tribu. Podría poseerla, hacerla su esposa y darle un nombre — ¡ah, le daría el nombre de Gertrudis! —. Habiendo decidido esto, se volvió sobre un costado y se hundió en el sueño, auténtico hijo de su raza conquistadora, un Sansón entre los filisteos.

Era un trabajo lento, pero el juego de las varillas resultó reñido. "Cogote" Mackenzie maniobró hábilmente, con una despreocupación que ayudaba a desconcertar a los jugadores.

Puso gran cuidado en impresionar a los hombres de que era un tirador seguro y un cazador poderoso, y el grupo resonó en aplausos cuando abatió un alce a seiscientos metros. Una noche visitó la tienda —hecha con pieles de alce y caribú— del jefe Thling-Tinneh, hablando a lo grande y derrochando tabaco con mano pródiga. No dejó de dispensar parecidos honores al chamán, porque comprendía la influencia del curandero sobre su pueblo, y estaba ansioso de hacer de él un aliado. Pero aquella notabilidad se mostraba alta y desdeñosa, rehusaba ser aplacada, y era indudablemente un enemigo en potencia.

Aunque no se presentó ninguna brecha para una entrevista con Zarinska, Mackenzie le robó más de una mirada, dando claras señales de su intención. Y en cuanto ella lo supo, enseguida se rodeó coquetamente con un cinturón de mujeres en cualquier lugar donde estuvieran los hombres y él pudiera tener una chance. Pero él no estaba apurado; además, supo que ella no tendría más remedio que pensar en él, y unos pocos días con tales pensamientos no harían sino mejorar su imagen.

Por fin, una noche, cuando creyó que el momento podía estar ya maduro, abandonó abruptamente la humeante morada del jefe y se apresuró hacia la tienda vecina. Como era usual, ella estaba sentada con las indias y las muchachas solteras alrededor, todas dedicadas a la costura de mocasines y trabajos de punto. Rieron y chismorrearon ante su entrada, lo que hizo que Zarinska se sintiera ligada fuertemente a él. Una tras otra, ellas fueron expulsadas a la nieve exterior, luego de lo cual se apuraron a esparcir el cuento a través de todo el campamento.

La causa del hombre fue bien argumentada en la lengua de ella —porque la joven no conocía la suya— y al cabo de dos horas ella se levantó para ir con él.

—¿Así que Zarinska vendrá a la tienda del Hombre Blanco? ¡Bien! Yo iré ahora a hablar con tu padre, para que él no esté tan preocupado. Y le daré muchos presentes; pero él no debe preguntar demasiado. ¿Si él dice que no? ¡Bien! Zarinska vendrá, aun así, a la tienda del Hombre Blanco.

Él había alzado ya el alerón de piel de la tienda para partir, cuando una sorda exclamación lo llevó al lado de la joven. Ella se puso de rodillas sobre la estera de piel de oso, su cara radiante con verdadera luz de Eva, y desabrochó con vergüenza su pesado cinturón: él la miró perplejo, suspicaz, sus oídos alertas ante el más leve ruido en el exterior. Pero el siguiente movimiento de ella desarmó sus dudas, y sonrió con placer.

Ella tomó de su bolso de costura una vaina de cuchillo de piel de alce, espléndida, trabajada con brillantes cuentas de abalorios y fantásticamente diseñada; luego extrajo su gran cuchillo de caza, miró reverentemente a través del filo aguzado, tentó a medias de probado con su pulgar, y lo clavo en el centro del nuevo hogar de la pareja. Enseguida, pasó la vaina a lo largo del cinturón hacia su emplazamiento habitual, justo por encima de la cadera.

En todos los sentidos, era como una escena de los tiempos antiguos: una dama y su caballero. Mackenzie la alzó, y recorrió suavemente con sus bigotes los rojos labios de la muchacha: para ella, era la extranjera caricia del Lobo. El encuentro de la edad de piedra y del acero. Pero ella era nada menos que una mujer, y sus mejillas sonrojadas y la luminosa suavidad de sus ojos lo atestiguaban.

***

Hubo un estremecimiento de excitación en el aire cuando "Cogote" Mackenzie, con un voluminoso bulto debajo del brazo, abrió de par en par los alerones de la tienda de Thling-Tinneh. Los chiquillos corrían en torno a la abertura arrastrando leña seca al lugar del potlach, un murmullo de voces femeninas crecía en intensidad, los hombres jóvenes se consultaban en grupos hoscos, mientras de la tienda del chamán subían los horripilantes sonidos de un encantamiento.

El jefe estaba solo con su esposa de ojos borrosos, pero una mirada bastó para informarle a Mackenzie que las noticias ya habían llegado hasta allí. Así que se zambulló de una vez en el asunto, moviendo notoriamente hacia adelante la vaina adornada con abalorios, como anuncio de los esponsales.

—¡Oh, Thling-Tinneh, poderoso jefe de los sticks y de la tierra de los tanana, guía del salmón y del oso, del alce y el caribú! El Hombre Blanco se halla ante ti con un gran propósito. Por muchas lunas su tienda ha estado vacía, y él está solo. Y su corazón se ha devorado a sí mismo en silencio, y creció su hambre por una mujer que se sentara a su lado en la tienda, para esperarlo tras la cacería con fuego caliente y una buena comida. Y él ha oído cosas extrañas, pasos ligeros de mocasines de bebés y el sonido de voces de niños. Y una noche una visión descendió sobre él, y percibió al Cuervo, que es tu padre, el gran Cuervo, que es el padre de todos los sticks. Y el Cuervo habló al solitario Hombre Blanco, diciendo: "Échate al hombro los mocasines, ciñe tus zapatos para la nieve y carga tu trineo con alimento para muchas noches de sueño, y con finos presentes para el jefe Thling-Tinneh.

Porque deberás voltear el rostro hacia donde el sol de primavera está deseoso de hundirse en la tierra, y viajar a las tierras de caza de este gran jefe. Allí tú deberás hacer grandes presentes, y Thling-Tinneh, que es mi hijo, será como un padre para ti. En su tienda hay una mujer soltera en la cual yo he soplado el aliento de la vida para ti. A esta mujer habrás de tomar por esposa".

—¡Oh, jefe, así habló el gran Cuervo; por ello, yo deposito muchos presentes a tus pies; y por ello vengo a tomar tu hija!

El hombre viejo atrajo las pieles en torno a él con cruda conciencia de su realeza, pero se demoró en responder mientras un hombre más joven entraba en silencio, entregaba un rápido mensaje de comparecer ante el Consejo, y se fue.

—¡Oh, Hombre Blanco a quien hemos nombrado Matador del Alce, también conocido como el Lobo, y el Hijo del Lobo! Sabemos que vienes de una raza poderosa; estamos orgullosos de tenerte como huésped de nuestro potlach; pero el rey salmón no se empareja con el perro-salmón, ni el Cuervo con el Lobo.

—¡No es así! —gritó Mackenzie—. He encontrado a hijas del Cuervo en tierras del Lobo: la mujer india de Mortimer, la de Tregido, la de Barnaby, que vino dos deshielos atrás, y he oído de otras aunque mis ojos no las advirtieron.

—Hijo, tus palabras son verdaderas, pero esos eran malos apareamientos, como el del agua con la arena, como el de los copos de nieve con el sol. ¿Encontraste a Mason y a su mujer india? ¿No? Él vino hace diez deshielos, el primero de los Lobos. Y con él había un hombre poderoso, alto y erguido como un retoño de álamo; fuerte como el oso de cara pelada; con un corazón como la luna llena de verano, y...

—¡Oh! —interrumpió Mackenzie, reconociendo al bien conocido personaje de las tierras del Norte—: ¡Malamute Kid!

—El mismo: un hombre poderoso. ¿Pero tú viste acaso a la mujer india? Ella era hermana carnal de Zarinska.

—No, jefe, pero he oído: Mason, y lejos, muy lejos hacia el Norte, un árbol pícea, pesado por los años, aplastó su vida bajo su tronco. Pero su amor era grande, y tenía mucho oro. Con esto, y con su pequeño, ella viajó incontables noches hacia el sol del mediodía de invierno, y allí vive ella todavía: no más helada mordiente, no nieve, no el sol de la medianoche de verano, no la noche en el mediodía de invierno...

Un segundo mensajero interrumpió con imperiosos llamamientos del Consejo. Mackenzie captó en una rápida mirada las formas oscilantes frente a la hoguera del Consejo, oyó las profundas voces debajo de los hombros en rítmicos cantos, y supo que el chamán estaba avivando el enojo de su gente. El tiempo presionaba. Se volvió hacia el jefe.

—¡Oye! Yo quiero a tu pequeña. ¡Y mira! Aquí hay tabaco, té, muchas tazas de azúcar, mantas calientes, pañuelos, todos grandes y buenos; y aquí, un rifle alineado, con muchas balas y mucho poder.

—No —replicó el hombre viejo, luchando contra la considerable riqueza esparcida delante de él—. Aun así, ahora mi pueblo está reunido. Mi pueblo no querrá este matrimonio.

—Pero tú eres el jefe.

—Sin embargo, mis hombres jóvenes se enfurecen porque los Lobos han tomado a las muchachas solteras, y ellos no pueden casarse.

—¡Escúchame, oh Thling-Tinneh! Antes de que la noche haya dado paso al día, el Lobo hará que sus perros miren hacia las Montañas del Este, y se pondrá en camino a la región del Yukón. Y Zarinska abrirá el camino a sus perros.

—Y antes de que la noche haya alcanzado la mitad de su curso, pueden mis jóvenes arrojar a los perros la carne del Lobo, y sus huesos ser esparcidos en la nieve hasta que la primavera los desnude.

Era la amenaza, y la contra-amenaza. La bronceada tez de Mackenzie se oscureció. Alzó su voz. La vieja india, quien hasta ahora había permanecido sentada como espectadora impasible, hizo el ademán de deslizarse lentamente a su lado hacia la puerta. La canción de los hombres se interrumpió repentinamente, y hubo una algarabía de muchas voces cuando él empujó con rudeza a la vieja mujer, haciéndola girar hacia su lecho de pieles.

—¡De nuevo les grito: escuchen! ¡Oh, Thling-Tinneh! El Lobo muere con los dientes firmemente cerrados, pero con él se dormirán diez de tus hombres más fuertes, hombres que son necesarios, pues la caza no ha hecho sino comenzar y la pesca no estará lejana por muchas lunas. Y, de nuevo: ¿en beneficio de qué yo debería morir? Yo conozco las costumbres de tu pueblo; tu parte de mi riqueza será muy pequeña. Concédeme a tu niña, y esa riqueza será toda tuya. Y más aún, mis hermanos vendrán, y ellos son muchos, y sus fauces nunca están satisfechas; y las hijas del Cuervo criarán niños en las tiendas del Lobo. Mi pueblo es más grande que tu pueblo. Es el destino. Concédemela, y toda esta riqueza será tuya.

Los mocasines hacían crujir la nieve. Mackenzie tumbó su rifle para amartillarlo, y dejó los Colts gemelos en su cinto.

—¡Concédemela, oh jefe!

—Y todavía mi pueblo dirá que no.

—Concédela, y la riqueza es tuya. Entonces yo negociaré después con tu pueblo.

—El Lobo tendrá una respuesta. Yo tomaré estos presentes, pero quería advertirle.

Mackenzie pasó sobre las mercancías, cuidando trabar el gatillo del rifle y coronando el trato con un caleidoscópico pañuelo de seda para la cabeza. El chamán y media docena de jóvenes guerreros entraron, pero él salió de la tienda pasando entre ellos y empujándolos descaradamente con los hombros.

—¡Empaca! —fue su lacónico saludo a Zarinska mientras pasaba frente a su tienda apurándose por amarrar los perros a los arneses. Pocos minutos más tarde se encaminaba con paso majestuoso y a la cabeza de su equipo hasta el Consejo indio, la mujer a su lado. Tomó su lugar en el extremo superior de la figura oblonga, al lado del jefe. Ubicó a Zarinska a su izquierda, un paso más atrás: el sitio apropiado. Además, las cosas estaban maduras para cualquier maldad, y había necesidad de guardar sus espaldas.

A ambos lados los hombres se acuclillaban junto al fuego, elevando sus voces en un canto folklórico del ayer olvidado. Pleno de cadencias interrumpidas y extrañas, el canto no era hermoso. La palabra "horrible" lo describiría inadecuadamente. En el extremo inferior danzaba una decena de mujeres bajo la mirada del chamán, con severos reproches hacia todos aquellos que no se abandonaran por completo al éxtasis del ritual. Escondidas a medias en sus pesadas masas de pelo negro, despeinado y cayéndoles hasta las cinturas, las mujeres se mecían lentamente hacia adelante y hacia atrás, sus formas ondeando en un ritmo siempre cambiante.

Era una escena misteriosa, un anacronismo. En el Sur, el siglo diecinueve estaba devanando los pocos años que restaban para su última década; aquí florecía el hombre primitivo, una sombra trasplantada de los habitantes de las cavernas prehistóricas, un fragmento olvidado del Mundo Antiguo. Los perros-lobo de color leonado estaban sentados entre sus amos de pieles decoradas o luchaban por un espacio, la luz de la hoguera arrojada hacia atrás desde las pupilas rojas y los colmillos goteantes. La arboleda, envuelta en un sudario fantasmal, dormía despreocupada. El Silencio Blanco, concentrado por el momento en el bosque escarchado, semejaba un constante crujido interior; las estrellas bailaban a grandes saltos, como es su costumbre en la época de la Gran Helada, mientras los Espíritus del Polo arrastraban sus togas gloriosas a través de los cielos.

"Cogote" Mackenzie captó vagamente la grandeza salvaje del escenario, cuando sus ojos recorrieron ambos lados orlados con pieles, en busca de rostros desaparecidos. Durante un momento los ojos descansaron en un recién nacido, sorbiendo del pecho desnudo de su madre. Hacía más de diez grados bajo cero: pensó en las tiernas mujeres de su propia raza y sonrió con una mueca torva. Sin embargo, era de las entrañas de una de esas tiernas mujeres que él había surgido con una herencia de reinado, una herencia que le dio a él y a los suyos el dominio sobre la tierra y el mar, sobre los animales y los pueblos de todas las regiones. Solo y sin ayuda contra cien rivales, ceñido por el invierno del Ártico, alejado de los suyos, sintió el impulso de su herencia, el deseo de posesión, el salvaje amor al peligro, el estremecimiento de la batalla, el poder para conquistar o morir.

Los cantos y danzas cesaron y el chamán se encendió en ruda elocuencia. A través de las sinuosidades de su vasta mitología, trabajó astutamente sobre la credulidad de su pueblo. El pleito era duro. Oponiéndole los principios creativos personificados en el Cuervo, estigmatizó a Mackenzie como el Lobo, el principio de pelea y destrucción. No se trataba solo del combate de estas fuerzas espirituales, sino que los hombres luchaban, cada uno por su tótem. Ellos eran los hijos del Cuervo, el portador del fuego de Prometeo; Mackenzie era el hijo del Lobo, o —en otras palabras— el Diablo. Para ellos, otorgar una tregua en esta guerra perpetua, casar a sus hijas con el archienemigo, era traición y blasfemia del máximo rango. Ninguna frase era demasiado severa, ninguna representación demasiado vil, para marcar a fuego a Mackenzie como un intruso que recurre a métodos furtivos y un emisario de Satán. Había un rugido salvaje y contenido en los pechos de sus oyentes en tanto él retomaba el ritmo de su perorata.

—¡Sí, mis hermanos, el Cuervo es todo poder! ¿No trajo él el fuego nacido del Cielo para que pudiéramos calentarnos? ¿No arrancó de sus agujeros al

Sol, la Luna y las estrellas, para que pudiéramos verlos? ¿No nos enseñó que deberíamos combatir a los Espíritus del Hambre y la Helada? Pero ahora el Cuervo está enojado con sus hijos, y estos son solo un puñado, y él no los ayudará. Porque se han olvidado de él, y han hecho cosas malvadas, y pisado rutas equivocadas y llevado a sus enemigos a sus tiendas para sentarse en torno a sus fuegos. Y el Cuervo está lleno de tristeza por la perversidad de sus hijos; pero cuando ellos se alcen de nuevo y le demuestren que han vuelto, él abandonará la oscuridad para auxiliarlos. ¡Oh, hermanos! El Portador del Fuego ha susurrado sus mensajes a este chamán, los mismos que ustedes oirán. ¡Dejen que los jóvenes lleven a las jóvenes a sus tiendas; déjenlos volar a la garganta del Lobo; que jamás muera su enemistad! ¡Entonces, sus mujeres se volverán fructíferas y se multiplicarán en un pueblo poderoso! ¡Y el Cuervo liderará a las grandes tribus de sus padres, y de los padres de sus padres, desde las regiones que se extienden afuera del Norte; y ellas golpearán y harán retroceder a los Lobos hasta que estén como los últimos fuegos del campamento; y volverán a gobernar nuevamente sobre toda la tierra! Este es el mensaje del Cuervo.

Esta prefiguración de la venida del Mesías arrancó un ronco clamor de los sticks mientras saltaban sobre sus pies. Mackenzie desprendió los pulgares de sus mitones, y esperó. Había un clamor reclamando al Zorro, que no cesó hasta que uno de los hombres jóvenes se adelantó para hablar.

—¡Hermanos! El chamán ha hablado con sabiduría. Los Lobos han tomado nuestras mujeres, y nuestros hombres se quedaron sin hijos. Nos hemos reducido a un puñado. Los Lobos han tomado nuestras cálidas pieles y nos han dado por ellas espíritus diabólicos que habitan en botellas, y ropas que no vienen del castor o del lince, sino que están hechas con hierbas. Y no son calientes, y nuestros hombres mueren por enfermedades extrañas. Yo, el Zorro, no he tomado a mujer alguna por esposa; ¿y por qué? Dos han sido las muchachas solteras que me agradaban y después mudadas a los campos del Lobo. Incluso ahora he dejado de aprovechar pieles del castor, del alce, del caribú, con las que debería ganar el favor en los ojos de Thling-Tinneh, para poder tomar por esposa a su hija Zarinska. Incluso ahora los zapatos de nieve de Zarinska están amarrados a sus pies, listos para abrir la ruta a los perros del Lobo. Pero no hablo por mí solamente. Como me ha ocurrido a mí, así también al Oso. Él también habría sido, de buena gana, el padre de los hijos de ella, y para eso ha curado muchas pieles. Yo hablo por todos los jóvenes que no conocen esposas. Los Lobos siempre están hambrientos. Siempre asesinan para tomar la carne elegida. A los Cuervos son dejadas las sobras.

—Aquí está Gugkla —gritó, señalando brutalmente a una de las mujeres, una muchacha tullida—. Sus piernas están dobladas como las costillas de una canoa de abedul. Ella no puede juntar leña ni acarrear la carne de los cazadores. ¿La eligieron acaso los Lobos?

—¡Ah, ah! —vociferaron los hombres de la tribu.

—Está Moyri, cuyos ojos fueron cruzados por el Espíritu del Mal. Hasta los bebés se atemorizan cuando la contemplan, y se dice que Cara-Vacía le marca el camino. ¿Fue elegida?

De nuevo estalló el cruel aplauso.

—Y está Pischet. Ella no oye mis palabras. Nunca ha oído el sonido del parloteo, la voz de su esposo, el balbuceo de su pequeño. Ella vive en el Silencio Blanco. ¿Ella les importó algo a los Lobos? ¡No! La de ellos es la elección del crimen; nuestras son las sobras. ¡Hermanos, esto no será más así! Nunca más los Lobos se introducirán furtivamente en nuestros campamentos. La hora ha llegado.

Una gran aurora de fuego, la aurora boreal, púrpura, verde y amarilla, se disparó a través del cenit, colmando el vacío de horizonte a horizonte. Con la cabeza echada hacia atrás, y los brazos extendidos, él se balanceó hasta alcanzar el clímax.

—¡Miren! ¡Los espíritus de nuestros padres han resucitado y grandes hazañas están poniéndose en marcha esta noche!

Retrocedió a su lugar, y otro hombre joven con aire algo tímido se adelantó, empujado por sus camaradas. Alzándose una cabeza entera por encima de ellos, su ancho tórax desafió desnudo a la escarcha mientras se columpiaba tentativamente sobre un pie y el otro. Las palabras vacilaban sobre su lengua, estaba inquieto. Su cara se veía horrible, porque en una ocasión la mitad de ella había sido arrancada por algún golpe feroz. Finalmente, se golpeó el pecho con sus puños apretados haciéndolo sonar como un tambor; y su voz retumbó hacia el frente, como hace la rompiente surgiendo de una caverna oceánica.

—¡Yo soy el Oso, la Punta-de-Plata y el Hijo de la Punta-de-Plata! Cuando mi voz era todavía como la de una muchacha, yo maté al lince, al alce y al caribú; cuando silbaba como los glotones en su escondrijo, atravesé las montañas del Sur y vencí a tres de los Ríos Blancos; cuando mi voz se volvió como el rugido del Chinook [2], encontré a la Cara-Vacía en un oso pardo, pero no me marcó el camino.

En este punto hizo una pausa, su mano barriendo significativamente sus espantosas cicatrices.

—Yo no soy el Zorro. Mi lengua es helada como el río. No puedo hacer discursos. Mis palabras son pocas. El Zorro dice que grandes hazañas están sucediendo esta noche. ¡Muy bien! La conversación fluye desde su lengua como las corrientes de agua dulce en la primavera, pero es cauteloso sobre las hazañas. Esta noche yo me batiré con el Lobo. Lo mataré, y Zarinska se sentará junto a mi fuego. El Oso ha hablado.

Aunque el pandemónium bramaba en torno de él, "Cogote" Mackenzie estaba dispuesto a defenderse. Consciente de lo inútil que es un rifle en la corta distancia, deslizó las dos cartucheras de las pistolas hacia el frente, listas para la acción, y tiró de sus mitones hasta que sus manos quedaron apenas protegidas por los guanteletes de los codos. Sabía que no había posibilidad ante un ataque en masa, pero —fiel a su orgullo— estaba preparado para morir con los dientes bien apretados. El Oso contenía a sus camaradas, haciendo retroceder a los más impetuosos a los golpes con su terrible puño. Cuando el tumulto empezó a decrecer, Mackenzie dirigió una rápida mirada en dirección a Zarinska. Era una imagen soberbia. Ella se inclinaba hacia adelante en sus zapatos para la nieve, los labios entreabiertos y las ventanillas de la nariz aleteando, como una tigresa a punto de saltar. Sus grandes ojos negros estaban clavados en los hombres de su tribu, en gesto de temor y desafío. Era tan extrema la tensión que había olvidado respirar. Con una mano presionando espasmódicamente su pecho, y la otra asiendo fuertemente el látigo para perros, parecía una estatua. No bien él la miró, el alivio volvió a ella. Sus músculos se distendieron; con un hondo suspiro se echó hacia atrás, dedicando al hombre una mirada en la que había más que amor: adoración.

Thling-Tinneh trataba de hacerse oír, pero su pueblo ahogaba su voz. Entonces, Mackenzie se adelantó a grandes zancadas. El Zorro abrió su boca para lanzar un grito penetrante, pero Mackenzie se abalanzó de modo tan salvaje contra él que el indio se encogió hacia atrás, su laringe hecha un borbotear de sonidos abortados. Su desconcierto fue saludado con salvas de carcajadas, y sirvió para apaciguar a sus compañeros tornándolos más dispuestos a escuchar.

—¡Hermanos! El Hombre Blanco, que ustedes han elegido llamar el Lobo, vino a ustedes con palabras limpias. Él no fue como el Innuit; no habló mentiras. Vino como un amigo, un amigo que querría ser un hermano. Pero ahora estos hombres han tenido su voz, y pasó ya el tiempo para palabras suaves.

Primero, les diré que el chamán tiene una lengua diabólica y que es un falso profeta, que los mensajes que dijo no son los del Portador de Fuego. Sus oídos están cerrados a la voz del Cuervo, y para afuera de su propia cabeza agita fantasías astutas, y ha hecho de ustedes unos tontos. Él no tiene ningún poder. Cuando los perros fueron muertos y comidos y los estómagos de todos ustedes habían sido llenados con pellejos sin curtir y tiras de mocasines; cuando los hombres viejos murieron, y las mujeres viejas murieron, y las criaturas en las entrañas ciegas de las madres murieron; cuando la tierra era sombría, y ustedes perecían como el salmón en las cascadas; sí, cuando el hambre se abalanzó sobre ustedes, ¿trajo el chamán alguna recompensa a los cazadores?, ¿puso carne en los estómagos? Lo digo nuevamente: el chamán carece de poder. ¡Por eso escupo en su cara!

Aunque tomados de sorpresa por el sacrilegio, no hubo ningún tumulto. Algunas mujeres estaban aún atemorizadas, pero entre los hombres hubo una actitud de levantarse, como en anticipación o preparación del milagro. Todas las miradas se habían vuelto hacia las dos figuras centrales. El sacerdote comprendió lo crucial del momento, sintió tambalear su poder y abrió su boca en gesto de increpación, pero huyó hacia atrás ante el avance truculento —puños en alto, ojos llameantes— de Mackenzie. Sonriendo en forma burlona, este resumió:

—¿Quedé mortalmente herido? ¿El rayo me quemó? ¿Las estrellas cayeron del cielo y me aplastaron? ¡Pss! Yo lo he hecho con mi perro. Ahora les contaré de mi pueblo, que es el más poderoso de todos los pueblos y gobierna sobre todas las tierras. Al principio cazamos como cazo yo, solo. Después cazamos en manada; y por último, como en las carreras del caribú, nos derramamos a través de toda la tierra. Aquellos a quienes acogemos en nuestras tiendas viven, los que no vienen mueren. Zarinska es una atractiva muchacha soltera, plena y fuerte, escogida para convertirse en madre de Lobos. Aunque yo muera, ella se convertirá en madre de Lobos; porque mis hermanos son muchos, y ellos seguirán el olor de mis perros. Escuchen la Ley de los Lobos: Quien quiera que tome la vida de un Lobo, esa pérdida la pagarán diez de su pueblo. En muchas tierras el precio ha sido pagado; en muchas tierras deberá todavía ser pagado.

—Ahora, yo me enfrentaré al Zorro y al Oso. Parece que ellos tienen ojos castos para las jóvenes solteras. ¿Y qué? ¡Yo la he comprado! Thling-Tinneh se inclina sobre el rifle; las mercancías yacen junto a su fuego. Sin embargo, seré justo con los hombres jóvenes. Al Zorro, cuya lengua está seca por tantas palabras, le daré cinco largos tacos llenos de tabaco. Esto humedecerá su boca para que pueda hacer mucho ruido en el Consejo. Pero al Oso, de quien mucho me enorgullezco, le daré dos mantas; de harina, veinte tazas; de tabaco, doble que al Zorro; y si viaja conmigo más allá de las Montañas del Este, entonces le daré un rifle, compañero del de Thling-Tinneh. ¿Y si no? ¡Bueno! El Lobo está cansado de discursos. Pero todavía una vez más él les dirá la Ley: Quien quiera que tome la vida de un Lobo, esa pérdida la pagarán diez de su pueblo.

Mackenzie sonrió mientras daba un paso atrás a su antigua posición, pero su corazón estaba lleno de inquietud. La noche era oscura. La joven se colocó a su lado, y él escuchó atentamente mientras ella le contaba de las triquiñuelas del Oso con su cuchillo en el combate.

La decisión se inclinó por la guerra. En un abrir y cerrar de ojos, decenas de mocasines estaban esparciendo nieve a lo largo y ancho del espacio, cerca del fuego. Hubo muchas charlas sobre la aparente derrota del chamán; algunos afirmaron que sin embargo él había retenido su poder, en tanto otros estaban de acuerdo con el Lobo. El Oso fue hasta el centro del campo de batalla, en su mano la larga hoja desnuda de un cuchillo para caza fabricado en Rusia. El Zorro llamó la atención sobre los revólveres de Mackenzie, así que este se quitó el cinturón desabrochándoselo cerca de Zarinska, en cuyas manos también depositó el rifle. Ella meneó su cabeza en signo de que no sabría cómo disparar: mínima chance la de una mujer sosteniendo bienes tan preciados.

—Entonces, si el peligro viene por mi espalda, grita fuerte: "¡mi esposo!"; así: "¡mi esposo!" —la instruyó Mackenzie.

Rio cuando ella lo repitió, pellizcó su mejilla y reentró en el círculo. No solo en alcance y estatura lo aventajaba el Oso, sino que su hoja era fácilmente cinco centímetros más larga. "Cogote" Mackenzie había mirado antes dentro de los ojos de otros hombres, y supo que este hombre se le oponía con firmeza; y sin embargo aceleró los reflejos de la luz en su acero, al dominante pulso de su raza.

Una y otra vez Mackenzie fue forzado hasta el borde del fuego o de la nieve profunda, y una y otra vez, con juegos tácticos dc pics como los dc un pugilista, se las arregló para volver trabajosamente al centro. Ni una voz se alzó para animarlo, mientras que su antagonista era alentado con aplausos, sugerencias y avisos de alarma. Pero sus dientes se apretaban más todavía cuando los cuchillos se entrechocaban, y él clavaba o eludía con una frialdad nacida de la fuerza consciente de sí. Primero sintió compasión por su enemigo, pero ella se desvaneció ante el primario instinto de vida, que a su turno dio paso a la lujuria de la muerte. Diez mil años de cultura se alejaron de él y fue un habitante de las cavernas, librando una batalla por su hembra.

Dos veces alcanzó a punzar al Oso, alejándose luego ileso; pero la tercera vez recibió una puntada; para salvarse, las manos libres se cerraron sobre las manos que combatían, y ambos hombres se encontraron muy cerca. Entonces valoró la tremenda fuerza de su oponente. Sus músculos se anudaban en masas doloridas, y cuerdas vocales y tendones amenazaban partirse con la tensión; el acero ruso se colocó más y más cerca. Intentó apartarse, pero solo consiguió debilitarse. El círculo enteramente vestido con pieles se cerró, sin dudas ansioso por ver el golpe final. Pero con triquiñuelas de luchador, balanceándose en parte hacia un costado, Mackenzie golpeó a su adversario con su cabeza. Involuntariamente el Oso se inclinó hacia atrás, desacomodando su centro de gravedad. Al mismo tiempo Mackenzie dio un traspié muy oportuno y lanzó todo su peso hacia adelante, arrojando a su rival claramente a través del círculo hacia la nieve más honda. El Oso dio unos pasos dificultosos y después volvió a toda velocidad.

—¡Oh, mi esposo! —la voz de Zarinska sonó, vibrante por el peligro.

Junto con el chasquido de un arco, Mackenzie se tiró barriendo el suelo, y una flecha de hueso aguzado pasó por sobre él incrustándose en el pecho del Oso, cuyo impulso lo llevó encima de su enemigo en cuclillas. Al instante siguiente, Mackenzie estaba de pie y el Oso cayó, inmóvil; pero del otro lado del fuego se encontraba el chamán, disparando una segunda flecha.

El cuchillo de Mackenzie saltó en el aire: había tomado la pesada hoja por la punta. Hubo un destello luminoso mientras el arma atravesaba el fuego. Entonces, el chamán, solo el puño del cuchillo emergiendo de la garganta, se tambaleó un momento y cayó hacia adelante, sobre las ascuas al rojo vivo.

¡Click!, ¡click!: el Zorro se había apoderado del rifle de Thling-Tinneh e intentaba vanamente deslizar un cartucho en su sitio. Pero lo dejó caer al sonido de la risa de Mackenzie.

—¿Así que el Zorro no aprendió la forma de usar el juguete? Él todavía es una mujer. ¡Ven! ¡Tráelo, puedo mostrarte cómo hacerlo!

El Zorro vacilaba.

—¡Ven, te digo!

Él echó a andar arrastrando los pies, como un cuzco golpeado.

—Así, y así; así se hace la cosa.

Un cartucho desembocó en su lugar, y el gatillo estaba en el percutor cuando Mackenzie lo llevó sobre el hombro.

—El Zorro ha dicho que grandes hazañas ocurrirían esta noche, y él habló la verdad. Ha habido grandes hazañas, aunque las menos entre ellas fueron las del Zorro. ¿Pretende él todavía llevar a Zarinska a su tienda? ¿Está él dispuesto a andar el camino que abrieron el chamán y el Oso? ¿No? ¡Bien!

Mackenzie se volvió despectivamente y extrajo su cuchillo de la garganta del sacerdote.

—¿Está dispuesto a ello alguno de los hombres jóvenes? Si así fuera, el Lobo los tomará de a dos y de a tres, hasta que no quede ninguno. ¿No? ¡Bien! Thling-Tinneh, yo ahora te doy este rifle por segunda vez. Si en los días por venir debieras viajar al País del Yukón, has de saber que allá habrá siempre un albergue y mucha comida junto al fuego del Lobo. La noche está dando paso ahora al día. Yo parto, pero puedo volver de nuevo. ¡Y, por última vez, recuerden la Ley del Lobo!

A sus miradas parecía un ser sobrenatural cuando volvió a reunirse con Zarinska. Ella ocupó su lugar al frente del equipo, y los perros se pusieron en movimiento. Pocos momentos más tarde habían sido tragados por el bosque fantasmal. Hasta ahora Mackenzie había esperado; se deslizó dentro de sus raquetas para seguir.

—¿Ha olvidado el Lobo los cinco tacos grandes? Mackenzie se volvió hacia el Zorro con enojo; entonces, el humor de la situación lo golpeó.

—Te daré un taco, y pequeño.

—Como al Lobo le parezca —dijo dócilmente el Zorro, alargando su mano.

Cuando un hombre viaja a un país lejano debe prepararse para olvidar muchas de las cosas que ha aprendido y para adquirir las costumbres inherentes a la vida del nuevo país. Debe abandonar los viejos ideales y los antiguos dioses, y, a menudo, debe invertir los mismos códigos por los que se ha afirmado su conducta. Para quienes tienen la facultad proteica de adaptarse, la novedad de semejante cambio puede constituir incluso una fuente de placer. Pero a quienes se han anquilosado en los senderos que los crearon les resulta insoportable la presión de un entorno modificado y se irritan en cuerpo y alma bajo las nuevas restricciones que no entienden. Esta irritación tiende a actuar y reaccionar, produce varios males y termina en desgracias. Para el hombre que no sabe adaptarse al nuevo surco sería mejor volver a su país, pues, si lo retrasa demasiado, es seguro que muera.

El hombre que vuelve la espalda a las comodidades de una vieja civilización para enfrentarse a la juventud salvaje, a la primitiva sencillez del Norte, puede valorar su triunfo en proporción inversa a la cantidad y calidad de sus hábitos firmemente enraizados. Si es un candidato adecuado, descubrirá pronto que los hábitos materiales son los menos importantes. El cambio de cosas, corno un delicado menú, por una comida cruda; los duros zapatos de cuero, por el blando y deforme mocasín; la cama de colchón de plumas, por una manta en la nieve; es, después de todo, una cosa fácil. Pero sus apuros vendrán al aprender a modelar su actitud mental ante todas las cosas, y especialmente ante su prójimo. Debe sustituir las gentilezas de la vida corriente por el desinterés, la indulgencia y la tolerancia. Así, y sólo así, puede ganarse lo más preciado de todo: la verdadera camaradería. No debe decir «gracias», sino indicarlo sin abrir la boca, y demostrarlo correspondiendo de la misma manera. En suma, debe sustituir la palabra por el hecho, la letra por el espíritu.

Cuando el mundo se conmovió con la historia del oro ártico v el señuelo del Norte se apoderó de los corazones de los hombres, Carter Weatherbee abandonó su cómodo trabajo ele dependiente, entregó a su mujer la mitad de los ahorros v se compró un equipo con el resto. No había nada romántico en su naturaleza, la esclavitud del comercio lo había destruido todo. Estaba sencillamente harto de la incesante rutina y deseaba correr grandes riesgos en espera de grandes recompensas. Al igual que otros muchos locos que desdeñan los viejos caminos utilizados durante años por los pioneros del Norte, se apresuró a llegar a Edmonton en primavera. Y allí, para desgracia de su alma, se unió a una partida de hombres.

No había nada extraño en esta partida, salvo sus planes. Hasta su meta, como la de todas las demás partidas, era el Klondike. Pero la ruta que habían escogido para alcanzar la meta dejaba sin resuello al nativo más duro, nacido y criado en las vicisitudes del noroeste. Quedó sorprendido el mismo Jacques Baptiste, hijo de una mujer chippewa [tribu india del norte de Canadá] y de un renegado voyageur [hombre empleado por una compañía de pieles para transportar bienes y hombres entre las remotas factorías del norte] (había lanzado sus primeros lloriqueos en una tienda de piel de ciervo, al norte del paralelo sesenta y cinco, y lo habían callado con deliciosos chupetones de sebo crudo). Aunque les vendió sus servicios y aceptó viajar hasta los hielos permanentes, sacudía ominosamente la cabeza cada vez que le pedían consejo.

La mala estrella de Percy Cuthfert debía estar ascendiendo, puesto que también él se unió a este grupo de argonautas. Era un hombre corriente, con una cuenta bancaria tan honda como su cultura, que ya es decir. No tenía ninguna razón para embarcarse en una aventura semejante, ninguna en absoluto, salvo que padecía de un desarrollo anormal de sentimentalismo. Y lo confundió con el verdadero espíritu de romanticismo y aventura. Á muchos otros les ha pasado lo mismo y han cometido el mismo error fatal.

Los primeros deshielos de la primavera encontraron al grupo siguiendo el curso helado del río Elk. Era una flota imponente, pues el equipo era grande e iban acompañados por un contingente escandaloso de voyageurs mestizos con sus mujeres y niños. Día tras día faenaron con los bateaux [francés: embarcación pequeña] y canoas, combatieron los mosquitos y otras plagas semejantes, o sudaban y maldecían en los porteos. Un trabajo duro como éste pone al descubierto las raíces mismas del alma y, antes de que el lago Athabasca se perdiera en el sur, cada miembro de la expedición había revelado su verdadero carácter.

Los dos gandules y gruñones constantes eran Carter Weatherbee y Percy Cuthfert. Todo el resto de la expedición se quejaba menos de sus dolores y sufrimientos que cada uno de ellos. Ni una vez se ofrecieron voluntarios para alguna de las mil pequeñas tareas del campamento. Acarrear un cubo de agua, cortar una brazada extra de madera, lavar y secar los platos, buscar entre el equipo algún artículo indispensable para el momento; y estos dos decadentes vástagos de la civilización descubrían torceduras y ampollas que exigían atención inmediata. Eran los primeros en acostarse por la noche, antes de haber terminado todavía toda una serie de tareas; los últimos en salir por la mañana, cuando la salida debía estar lista antes de empezar el desayuno. Eran los primeros en caer a la hora de comer, los últimos en echar una mano en la cocina; los primeros en lanzarse a una pequeña golosina, los últimos en descubrir que habían añadido a la suya la ración de otro. Si remaban, cortaban astutamente el agua a cada golpe y permitían que el impulso de la barca eludiera la pala. Creían que nadie lo notaba, pero sus compañeros los maldecían por lo bajo y llegaron a odiarlos, mientras que Jacques Baptiste los despreciaba abiertamente y los maldecía desde por la mañana hasta por la noche. Pero Jacques Baptiste no era un caballero.

En el Gran Esclavo compraron perros de la Hudson Bay y la flota se hundió hasta el último con su carga adicional de pescado seco y pemmican [una comida concentrada, utilizada por los indios de Norteamérica, consistente en carne magra desecada, molida y mezclada con grasa derretida]. Canoas y bateaux respondían a la rápida corriente del Mackenzie y penetraron en los Grandes Yermos. Investigaron todo afluente de buen aspecto, pero la esquiva «tierra aurífera» se escurría cada vez más hacia el norte. En el Gran Oso, dominados por el terror normal de las Tierras Desconocidas, sus voyageurs empezaron a desertar, y el Fuerte de Buena Esperanza vio doblarse a los últimos y más valientes bajo las sirgas, mientras bajaban a saltos la corriente que tan peligrosamente habían remontado. Sólo quedaba Jacques Baptiste. ¿No había jurado viajar hasta los hielos eternos?

Consultaban constantemente los mapas falsos, trazados en su mayor parte a base de rumores. Y sintieron la necesidad de apresurarse, pues el sol había pasado ya del solsticio del norte y volvía a dirigir el invierno hacia el sur. Bordearon las costas de la bahía donde el Mackenzie desemboca en el océano Ártico y entraron en la boca del río Little Peel. Allí empezó la ardua tarea de navegar contra corriente, y los dos inútiles lo pasaron peor que nunca. Sirgas y varas, remos y correas, rápidos y porteos: semejantes torturas sirvieron para producirle a uno un asco profundo a los grandes riesgos, y para imprimir en el otro un texto feroz sobre el verdadero romanticismo de la aventura. Un día se mostraron rebeldes y, ante las maldiciones de Jacques Baptiste, se revolvieron contra él como gusanos. Pero el mestizo azotó a los dos y los envió, heridos y sangrantes, a su trabajo. Era la primera vez que los habían maltratado.

Abandonaron su barcaza en el nacimiento del Little Peel y pasaron el resto del verano en el largo porteo que los llevó por la cuenca del Mackenzie hasta West Rat. Esta pequeña corriente desembocaba en el Porcupine, que, a su vez, se unía al Yukón por donde esta grandiosa carretera del norte cruza el Círculo Ártico. Pero habían perdido la carrera contra el invierno y un buen día amarraron sus balsas al espeso hielo de los remolinos y desembarcaron a toda prisa sus bienes. Esa noche el río se heló y deshelló varias veces, y, a la mañana siguiente, se había dormido para siempre.

—No podemos estar a más de cuatrocientas millas del Yukón —concluyó Sloper, mientras multiplicaba las uñas del pulgar por la escala del mapa.

El consejo en el que los dos inútiles habían expresado su desacuerdo se acercaba al fin.

—Factoría de la Hudson Bay hace mucho tiempo. No la utilizan ahora.

El padre de Jacques Baptiste había hecho el viaje para la Compañía de Pieles en los viejos tiempos, y había marcado casualmente el camino con un par de dedos del pie congelados.

—¡Santo Dios! —gritó uno de la partida—. ¿No hay blancos?

—Ningún blanco —sentenció Sloper—. Pero sólo hay quinientas millas más por el Yukón hasta Dawson. Digamos que unas mil desde aquí.

Weatherbee y Cuthfert gruñeron a la vez: —¿Cuánto crees que tardaremos, Baptiste? El mestizo calculó por un momento:

—Trabajando como demonios, sin que nadie escurra el bulto, diez, veinte, cuarenta, cincuenta días. Si vienen esos bebés —señaló a los inútiles—, no se sabe. Tal vez cuando se congele el infierno, o tal vez no.

Cesó la fabricación de raquetas de nieve y de mocasines. Alguien llamó a un miembro ausente, que salió de una vieja cabaña situada al borde de la hoguera y se unió a ellos. La cabaña era uno de los muchos misterios que acechaban en los vastos descansos del norte. Nadie podía decir cuándo ni quién la había construido. Dos tumbas cavadas al aire libre cubiertas por un montón de piedras encerraban quizás el secreto de estos primeros exploradores. ¿Pero qué manos habían amontonado las piedras?

Había llegado el momento. Jacques Baptiste se detuvo en el arreglo de un arnés y amarró al perro inquieto a la nieve. El cocinero protestó en silencio por el retraso, tiró un puñado de tocino a una ruidosa perola de judías y prestó atención. Sloper se levantó. Su cuerpo contrastaba ridículamente con el sano físico de' los inútiles.

Amarillo y débil, huido de unas fiebres suramericanas, no había interrumpido su vuelo por las distintas regiones y todavía era capaz de trabajar con los hombres. Tal vez pesara noventa libras, incluyendo su pesado cuchillo de monte, y su canoso pelo hablaba de una edad viril que ya no existía. Los músculos frescos y jóvenes de Weatherbee o Cuthfert equivalían a diez veces la fuerza de los suyos. Sin embargo, podía dejarlos tirados en el suelo en la caminata de un día. Y durante todo el día había estado animando a sus camaradas más fuertes a aventurarse por las mil millas de las peores penalidades que imaginarse pueda. Era la encarnación de la inquietud de su raza, y la vieja tozudez teutónica, salpicada de la rapidez y la acción del yankee, mantenía la carne sometida al espíritu.

—Todos los que estén a favor de seguir con los perros tan pronto como endurezca el hielo, que digan sí.

—¡Sí! —exclamaron ocho voces, voces destinadas a ensartar un sendero de juramentos a lo largo de cientos de millas de sufrimientos.

—¿Quiénes están en contra?

—¡No!

Por primera vez los inútiles se unieron sin ningún compromiso de intereses personales.

—¿Y qué pensáis hacer? —añadió en tono beligerante Weatherbee.

—¡La mayoría decide! ¡La mayoría decide! —clamó el resto de la partida.

—Sé que la expedición puede fracasar, si no venís —replicó suavemente Sloper—, pero creo que, si hacemos un gran esfuerzo, podemos arreglárnoslas sin vosotros. ¿Qué decís, muchachos?

Los demás se hicieron eco de este sentimiento.

—Ya lo sabéis —se atrevió a decir Cuthfert—. ¿Qué va a hacer un tipo como yo?

—¿No vienes con nosotros?

—Nooo.

—Entonces haz lo que te plazca. No hay más que decir.

—Calculo que podrás arreglarlo con ese compañero tuyo —sugirió un hombre grueso de Dakota, al tiempo que señalaba a Weatherbee—. Seguro que te preguntará qué piensas hacer a la hora de cocinar y recoger madera.

—Entonces consideramos que todo está arreglado —concluyó Sloper—. Partiremos mañana y acamparemos a cinco millas, sólo para preparar las cosas y ver si se nos ha olvidado algo.

Los trineos crujieron en sus patines metálicos y los perros estiraron los arneses en los que habían de morir. Jacques Baptiste se detuvo junto a Sloper para echar un último vistazo a la cabaña. El humo ascendía en volutas patéticas por el tubo de la estufa del Yukón. Los dos inútiles los miraban desde la puerta.

Sloper apoyó una mano en el hombro del otro.

—Jacques Baptiste, ¿has oído hablar alguna vez de los gatos de Kilkenny? El mestizo negó con la cabeza.

—Bueno, mi buen amigo y camarada, los gatos de Kilkenny lucharon hasta que no quedó ni pellejo ni pelo ni maullido. ¿Entiendes? Hasta que no quedó nada. Muy bien. Ahora a estos dos no les gusta trabajar. No trabajarán. Lo sabemos. Estarán solos en la cabaña todo el invierno, un largo y oscuro invierno. Gatos de Kilkenny, ¿eh?

El francés que Baptiste llevaba dentro se encogió de hombros, pero el indio guardó silencio. Sin embargo era un gesto elocuente, preñado de presagios.

Al principio las cosas marchaban bien en la pequeña cabaña. Las toscas burlas de sus compañeros habían hecho que Weatherbee y Cuthfert tomasen conciencia de la responsabilidad mutua que les incumbía. Además, después de todo, no había tanto trabajo que hacer para dos hombres sanos. Y la ausencia del cruel látigo, o en otras palabras, del arrollante mestizo, había producido una reacción jocosa. Al principio cada uno se esforzaba por superar al otro, y ejecutaban pequeñas tareas con una afectación que hubiera asombrado a sus compañeros, los cuales desgastaban ahora cuerpos y almas en el largo camino.

Se despreocuparon por completo. El bosque que los rodeaba por tres lados constituía una leñera inagotable. A unas yardas de su puerta dormía el Porcupine y un agujero hecho con su ropaje de invierno creaba una fuente de agua cristalina y dolorosamente fría. Pero pronto encontraron faltas hasta en eso. El agujero persistía en congelarse, lo que les hacía gastar muchas horas picando hielo. Los desconocidos constructores de la cabaña habían extendido los troncos laterales para sujetar un escondrijo en la parte trasera. Aquí se almacenaban la mayor parte de las provisiones. Sin restricciones, había comida para el triple de los hombres que iban a vivir de ella. La mayor cantidad era de la que daba fuerza muscular y resistencia, pero no estimulaba el paladar. Cierto, había azúcar abundante para dos hombres normales, pero estos dos eran poco menos que niños. Descubrieron pronto las virtudes del agua caliente saturada de azúcar y sumergían pródigamente las tortas y mojaban las cortezas en el rico y blanco almíbar. Luego vinieron las desastrosas incursiones al café, té y, especialmente, a los frutos secos. Las primeras discusiones fueron por la cuestión del azúcar. Y es algo realmente serio que empiecen a reñir dos hombres enteramente dependientes el uno del otro.

A Weatherbee le encantaba lanzar brillantes discursos políticos, mientras que Cuthfert, que se había pasado la vida cortando cupones y había dejado que la Mancomunidad siguiera lo mejor posible, ignoraba el tema o se enfrascaba en sorprendentes epigramas. El dependiente era demasiado obtuso para apreciar estos inteligentes pensamientos, y a Cuthfert le irritaba este despilfarro de munición. Estaba acostumbrado a ofuscar a la gente con su brillantez y le resultaba difícil aceptar esta pérdida de público. Se sentía personalmente ofendido e inconscientemente hacía responsable de ello al cabeza-cuadrada de su compañero.

Salvo su existencia, no tenían nada en común, no coincidían en un solo punto. Weatherbee era un empleado que no había conocido otra cosa en toda su vida; Cuthfert era licenciado en filosofía y letras, aficionado a la pintura y había escrito bastante. Uno era hombre de clase baja que se consideraba caballero, y el otro era un caballero que se sabía tal. Aquí puede destacarse que se puede ser caballero sin tener el primitivo instinto de la verdadera camaradería. El dependiente era tan sensual como el otro era esteticista, y sus aventuras amorosas, contadas con todo detalle y sacadas mayormente de su imaginación, afectaban al ultrasensible licenciado de la misma manera que otras tantas bocanadas de gases de cloaca. Consideraba al dependiente bruto, obsceno e ignorante, cuyo lugar estaba en el barro con los cerdos, y así se lo dijo. El, a su vez, recibió la información de que era un mariquita debilucho y un canalla. Weatherbee no hubiera podido definir «canalla» en toda su vida, pero le bastaba para sus intenciones, lo cual, en última instancia, parece ser lo principal.

Weatherbee desafinaba una nota sí y otra no, y, a veces, durante horas enteras cantaba canciones como «El Ladrón de Boston» y «El Efebo de la Cabaña», mientras Cuthfert lloraba de a rabia hasta que ya no podía aguantarlo más y huía al frío externo. Pero no había escapatoria. El intenso frío no podía soportarse por mucho tiempo, y la pequeña cabaña los agobiaba —camas, estufa, mesa, y todo— en un espacio de diez por doce. La presencia misma de cada uno de ellos resultaba una afrenta personal para el otro, y se sumergían en silencios taciturnos que aumentaban, al pasar los días, en duración e intensidad. De vez en cuando se lanzaban una mirada furtiva o levantaban un labio, aunque se esforzaban por ignorarse por completo durante estos períodos mudos. En sus pechos brotó la gran maravilla de cómo Dios llegó a crear al otro.

Como había poco que hacer, el tiempo les resultaba una carga intolerable. Esto, naturalmente, los hizo aún más perezosos. Se hundieron en un letargo físico del que no había escape posible y que los hacía rebelarse ante la tarea más insignificante. Una mañana en que le tocaba preparar el desayuno común, Weatherbee salió de entre las mantas y, entre los ronquidos de su compañero, encendió primero el candil y luego la lumbre. Las perolas estaban heladas y no había agua con que lavarlas. Pero esto no le importó. Mientras esperaba a que se deshelaran, cortó el tocino y se dedicó a la odiosa tarea de hacer pan. Cuthfert lo había estado observando astutamente con los ojos entornados. Como consecuencia de ello tuvieron una disputa, en la que se bendijeron fervientemente el uno al otro y se pusieron de acuerdo en que desde ese momento cada uno se cocinaría lo suyo. Una semana más tarde Cuthfert se olvidó de hacer su lavado matutino, pero se comió complaciente la comida que había preparado. Weatherbee se sonrió. Después de eso perdieron la necia costumbre de lavar.

A medida que menguaba el azúcar y otros lujos, empezaron a temer que no recibían las raciones debidas, y, para que no les robasen, empezaron a atracarse. Los lujos sufrieron con esta competición glotona lo mismo que sufrieron los hombres. Con la falta de verduras frescas y ejercicio se les empobreció la sangre y una repugnante erupción morada les invadió el cuerpo. Sin embargo, no hicieron caso de la advertencia. A continuación se les empezaron a hinchar los músculos y las articulaciones, se les ennegreció la carne, mientras que sus bocas, encías y labios se volvieron de color crema. En vez de unirse en su miseria, cada uno se recreaba con los síntomas del otro, a medida que avanzaba el escorbuto.

Se despreocuparon por completo de su aspecto personal y, por así decirlo, del pudor común. La cabaña se convirtió en una pocilga y nunca más volvieron a hacerse las camas ni a colocar debajo de ellas ramas frescas de pino. Sin embargo no podían permanecer entre las mantas como les hubiera gustado, pues el hielo era inexorable y la lumbre consumía demasiada leña. El pelo de sus cabezas y caras era largo y desaliñado, mientras que sus ropas habrían asqueado a un trapero. Pero no les importaba. Estaban enfermos y nadie los podía ver; además, resultaba muy doloroso moverse.

A todo esto se sumó un nuevo problema: el miedo del Norte. Este miedo era hijo del gran frío y del gran silencio y nació en la oscuridad de diciembre, cuando el sol se hunde para siempre bajo el horizonte sur. A cada uno le afectó según su naturaleza. Weatherbee cayó víctima de groseras supersticiones y hacía todo lo que podía por resucitar a los espíritus que dormían en las olvidadas tumbas. Era algo fascinante. En sus sueños se le acercaban desde el frío y se le metían entre las mantas y le contaban los trabajos y sufrimientos que les había causado la muerte. Se encogía a su contacto viscoso y enredaban en él sus miembros helados y, cuando le susurraban al oído las cosas que todavía habían de venir, la cabaña retumbaba con sus gritos de horror. Cuthfert no entendía, pues hacía tiempo que no se hablaban y, cuando se despertaba, agarraba invariablemente el revólver. Luego se sentaba en la cama, tiritando nerviosamente, apuntando el arma al soñador inconsciente. Cuthfert pensaba que el hombre se estaba volviendo loco y temió por su vida. Su propia enfermedad adoptó una forma menos concreta.

El misterioso artesano que había construido la cabaña tronco a tronco había clavado una veleta a la viga maestra. Cuthfert la veía apuntar siempre al sur, y un día, irritado por su fijación, la giró hacia el este. Observó atento, sin que la moviera un solo soplo. Luego giró la veleta hacia el norte, jurando no volver a tocarla hasta que soplase el viento. Pero lo asustó la calma sobrenatural del aire y se levantaba con frecuencia en mitad de la noche para ver si la veleta había girado: se habría contentado con diez grados. Pero se cernía sobre él tan invariable como el destino. Se le desató la. imaginación, hasta que la veleta se convirtió en un fetiche. A veces seguía la dirección que marcaba por los sombríos dominios y dejaba que su espíritu se saturase de miedo. Meditaba acerca de lo invisible y lo desconocido, hasta que el peso de la eternidad parecía aplastarlo. Todo el norte parecía sucumbir bajo ese peso: la ausencia de vida y movimiento, la oscuridad, la paz infinita de la tierra triste, el espantoso silencio, que convertía en sacrilegio el eco de cada latido del corazón, el bosque solemne que parecía esconder algo horrible e inexpresable que no podían comprender la palabra ni el pensamiento.

Parecía muy lejano el mundo que acababa de dejar con sus naciones laboriosas y sus grandes empresas. Los recuerdos se entremezclaban de vez en cuando, recuerdos de mercados, y galerías y calles llenas de gente, de trajes de noche y actos sociales, de hombres buenos y mujeres queridas que había conocido.

Pero eran recuerdos confusos de una vida que había vivido hacía muchos siglos en otro planeta.

Este fantasma era la realidad. Estando de pie bajo la veleta, con los ojos fijos en los cielos polares, no podía creerse que el sur existía realmente y que en ese mismo instante bullía repleto de vida y de acción. No existía el sur, ni hombres nacidos de mujeres, ni matrimonios que se daban y recibían. Más allá de ese horizonte inhóspito se extendían vastas soledades y, más allá de ellas, soledades todavía más vastas. No había tierras bañadas por el sol, cargadas con el perfume de las flores. Esas cosas no eran más que viejos sueños del paraíso. Las tierras soleadas del oeste, las de las especias del este, las arcadias alegres, las felices islas de los bienaventurados.

—¡Ja, ja! —su risa desgarró el vacío y le sorprendió con su inusitado sonido.

No había sol. Este era el universo, muerto, frío y oscuro, y él, su único habitante. ¿Weatherbee? En tales momentos Weatherbee no contaba. Era un calibán, un monstruoso fantasma encadenado a él para toda una eternidad, castigo de algún crimen olvidado.

Vivía con la muerte entre los muertos, mutilado por el sentimiento de su propia insignificancia, aplastado por el dominio pasivo de las edades soñolientas. La magnitud de todo le horrorizaba. Todo era superlativo menos él: la perfecta ausencia de viento y de movimiento, la inmensidad de la desolación cubierta de nieve, la altitud del cielo y la profundidad del silencio.

Esa veleta: ¡si sólo se moviera! Si cayera un rayo o si el bosque ardiera en llamas. Si los cielos se enrollaran como un pergamino, si estallara el juicio final: ¡cualquier cosa, cualquier cosa! Pero no, nada se movía. El silencio lo acorralaba y el miedo del Norte se apoderó de su corazón con dedos helados.

Una vez, cual otro Robinsón Crusoe, encontró unas huellas a la orilla del río: una débil huella de liebre de las nieves sobre la delicada corteza de la nieve. Fue una revelación. Existía vida en el norte. La seguiría, la contemplaría, se recrearía en ella. Se olvidó de sus músculos hinchados al lanzarse por la honda nieve en un éxtasis de anticipación. El bosque se lo tragó y el breve crepúsculo de mediodía desapareció, pero persistió en su búsqueda hasta que su exhausta naturaleza se agotó y lo tumbó indefenso en la nieve. ¡Ay!, se quejó, y maldijo su locura. Entonces supo que la huella había sido fruto de su imaginación. Esa noche, ya tarde, se arrastró a gatas hasta la cabaña, con las mejillas heladas y un extraño entumecimiento en los pies. Weatherbee le sonrió malévolamente, pero no se ofreció a ayudarle. Se introdujo agujas en los dedos de los pies y se los descongeló junto a la estufa. Una semana más tarde vino la mortificación.

El dependiente andaba con sus propios problemas. Los muertos salían ahora de sus tumbas con más frecuencia y rara vez lo abandonaban, ya estuviera despierto o dormido. Llegó a esperar y temer su visita, sin poder pasar cerca de los dos montones de piedras y no sentir un escalofrío. Una noche se le acercaron en sueños y le asignaron una tarea. Sobrecogido por un horror mudo, se despertó entre los dos montones de piedras y huyó alocadamente hacia la cabaña. Pero había estado allí cierto tiempo, ya que también se le habían congelado los pies y las mejillas.

A veces se ponía frenético ante su insistente presencia, y bailaba por la cabaña cortando el aire con un hacha y rompiendo todo lo que estaba a su alcance. Durante estos encuentros fantasmagóricos, Cuthfert, se acurrucaba entre las mantas y seguía al hombre con el revólver amartillado, dispuesto a matarlo, si se acercaba demasiado. Al recobrarse una vez de estos ataques, el dependiente descubrió el arma que lo encañonaba. Se despertaron sospechas en él y desde entonces también empezó a temer por su vida. Después de eso se observaban de cerca, se miraban de frente y se sobrecogían cada vez que uno se ponía a la espalda del otro. Esta aprehensión se convirtió en una manía que los dominaba hasta en sueños. Por miedo recíproco, dejaron tácitamente que el candil ardiera toda la noche y comprobaban si había una abundante reserva de grasa de tocino antes de retirarse. El menor movimiento de uno bastaba para despertar al otro, y, durante muchas vigilias, sus miradas se cruzaron mientras temblaban bajo las mantas con el dedo en el gatillo.

Con el miedo del Norte, la tensión mental y los estragos de la enfermedad perdieron toda semejanza humana, adoptando la apariencia de bestias salvajes, cazadas y desesperadas. Como consecuencia de la congelación, se les habían puesto negras las mejillas y las narices. Se les empezaron a caer los dedos congelados por las primeras y segundas articulaciones. Cada movimiento les producía dolor, pero la lumbre era insaciable y sacaba a sus cuerpos miserables toda una serie de torturas. Día tras día exigían su alimento, una verdadera libra de carne, y se arrastraban de rodillas hasta el bosque para cortar leña. Una vez, gateando de esta manera en busca de ramas secas, sin saberlo ninguno de ellos, rodearon el mismo arbusto por lados opuestos. De repente, sin previo aviso, se enfrentaron dos cabezas cadavéricas. Los sufrimientos los habían transformado de tal manera, que era imposible reconocerse. Se levantaron de un salto, gritando aterrorizados, corriendo con sus mutilados muñones y, tropezando en la puerta de la cabaña, se arañaron y clavaron las uñas como demonios hasta que descubrieron su error.

De vez en cuando tenían momentos de lucidez y, durante uno de estos intervalos, dividieron equitativamente la manzana de la discordia: el azúcar. Vigilaban sus respectivos sacos, guardados en el escondrijo, con verdadero celo, pues sólo quedaban unas cuantas tazas y no se fiaban en absoluto el uno del otro. Pero un día Cuthfert se equivocó. Casi incapaz de moverse, enfermó de dolor, mareado y ciego, se deslizó hacia el escondrijo con el bote del azúcar en la mano, y confundió el saco de Weatherbee con el suyo.

Cuando esto ocurrió, hacía unos días que había nacido enero. Hacía algún tiempo que el sol había remontado su punto más bajo por el sur y, situado ahora en el meridiano, lanzaba ostentosos rayos de luz amarilla contra el cielo del norte. Al día siguiente de su equivocación con el saco del azúcar, Cuthfert se sintió mejor tanto física como espiritualmente. Al aproximarse la tarde e iluminarse el día, se arrastró afuera para regalarse con el brillo evanescente, que para él significaba la señal de las intenciones futuras del sol. Weatherbee también se sentía algo mejor y se arrastró a su lado. Se sentaron en la nieve, bajo la inmóvil veleta, y esperaron.

La quietud de la muerte rondaba a su alrededor. En otros climas, cuando la naturaleza cae en tales estados de ánimo, hay un suave aire de expectación, una esperanza de que alguna pequeña voz rompa la tensión. No ocurre así en el Norte. Los dos hombres habían vivido eternidades aparentes en esta paz fantasmal. No recordaban ninguna canción del pasado, ni podían conjurar ninguna canción del futuro. Siempre había existido esta calma extraterrena, el tranquilo silencio de la eternidad.

Sus ojos estaban fijos en el norte. Invisible, a sus espaldas, tras las montañas del sur, el sol marchaba hacia el cenit de otro cielo distinto al suyo. Espectadores únicos del poderoso lienzo, contemplaban el paulatino crecimiento del falso crepúsculo. Empezó a arder una débil llama. Aumentó en intensidad, cambiando enérgicamente del amarillo rojizo al morado y al azafranado. Se hizo tan brillante, que Cuthfert creyó que el sol debía estar tras ella. ¡Un milagro, el sol amanecía en el norte! De repente, sin avisar y sin apagarse gradualmente, el manto desapareció. No quedó ningún color en el cielo. El día se había quedado sin luz. Retuvieron la respiración en un medio sollozo. ¡Y he aquí el resultado! El aire brillaba con partículas de hielo centelleante, y allí, al norte, la veleta trazaba un vago perfil en la nieve. ¡Una sombra, una sombra! Era exactamente mediodía. Giraron apresuradamente las cabezas hacia el sur. Un aro dorado asomó por encima de una montaña nevada, les sonrió por un instante y volvió a desaparecer de su vista.

Tenían lágrimas en los ojos, cuando se miraron. Los invadió una extraña suavidad. Se sintieron irresistiblemente unidos el uno al otro. El sol volvía de nuevo. Estaría con ellos mañana, pasado mañana y al otro. Y cada visita sería más larga, y llegaría el día en que remontaría los cielos día y noche, sin ocultarse una sola vez' por debajo del horizonte. No habría noche. Se rompería el invierno helado, soplarían los vientos y responderían los bosques; la tierra se bañaría en los benditos rayos solares y la vida renacería. Cogidos de la mano, abandonarían este horrible sueño y volverían a las tierras del sur. Avanzaron ciegos y tambaleantes y sus manos se encontraron, sus pobres manos mutiladas, hinchadas r deformadas bajo las manoplas.

Pero la promesa no llegaría a cumplirse. El Norte es el Norte los hombres se desgastan el alma con leyes extrañas que no pueden comprender otros hombres que no hayan viajado a tierras extrañas.

Una hora más tarde Cuthfert introdujo una sartén de pan en el horno y especuló acerca de lo que podían hacer los médicos con sus pies cuando regresara. El hogar no parecía ahora tan lejano. Weatherbee rebuscaba en el escondrijo. De repente lanzó un torbellino de blasfemias, que, a su vez, cesaron con sorprendente brusquedad. El otro le había robado su saco de azúcar. Las cosas podían haber ocurrido de otra manera distinta si los dos muertos no hubieran salido de debajo de las piedras y hubieran acallado las ardientes palabras en su garganta. Lo sacaron suavemente del escondrijo, que se olvidó de cerrar. Los hechos se habían consumado; estaba a punto de ocurrir lo que le habían susurrado en sueños. Lo condujeron suavemente, muy suavemente, hacia el montón de leña y le colocaron el hacha en las manos. Luego le ayudaron a abrir la puerta de la cabaña, estando seguro de que la habían cerrado tras él: al menos oyó el portazo y la cerradura al ajustarse en su sitio. Sabía que estaban esperando fuera, esperando a que realizase su tarea.

—¡Carter! ¡Oye, Carter!

Percy Cuthfert se asustó al ver la cara del dependiente y se apresuró a interponer la mesa entre ellos.

Carter Weatherbee lo siguió sin prisas y sin entusiasmo. Su rostro no mostraba la menor piedad ni cólera, sino la mirada paciente e imperturbable del que tiene una tarea que realizar y la hace metódicamente. —¡Oye! ¿Qué ocurre?

El dependiente se echó hacia atrás, cortándole la retirada de la puerta, pero sin abrir la boca.

—¡Escucha, Carter! ¡Escucha! ¡Hablemos! ¡Eres un buen chico!

El licenciado pensaba rápidamente, trazando un hábil movimiento lateral hacia la cama, donde guardaba su Smith & Wesson. Sin apartar los ojos del loco, rodó sobre el camastro al tiempo que empuñaba la pistola.

—¡Carter!

La pólvora le dio de lleno a Weatherbee en la cara, pero blandió su arma y dio un salto adelante. El hacha se hundió en la' base de la espina dorsal y Percy Cuthfert sintió cómo le abandonaba toda conciencia en sus extremidades inferiores. El dependiente cayó pesadamente sobre él, agarrándolo de la garganta con dedos débiles. El agudo mordisco del hacha había obligado a Cuthfert a soltar la pistola y, mientras sus pulmones pugnaban por atrapar el aire, la buscó revolviendo entre las mantas. Luego recordó. Deslizó una mano por el cinturón del empleado hasta dar con el cuchillo de monte. Se acercaron mucho en ese último abrazo.

Percy Cuthfert sintió que las fuerzas lo abandonaban. La parte inferior de su cuerpo era inservible. El peso inerte de Weatherbee lo aplastaba, lo aplastaba y lo retenía como un oso en una trampa. La cabaña se llenó de un olor familiar y supo que se estaba quemando el pan. Sin embargo, ¿qué importaba? Ya no lo necesitaría. Y todavía quedaban seis tazas de azúcar en el escondrijo: de haberlo sabido no habría sido tan ahorrativo en los últimos días. ¿Se movería alguna vez la veleta? Quizás girase en esos momentos. ¿Por qué no? ¿No había visto hoy el sol? Iría a ver. No, era imposible moverse. No creía que el dependiente, fuera tan pesado.

¡Con qué rapidez se enfriaba la cabaña! El fuego debía haberse apagado. El frío se abría camino. Ya debían estar bajo cero. El hielo estaría deslizándose por la rendija de la puerta. No podía verlo, pero su pasada experiencia le permitía calcular su avance por la temperatura de la cabaña. La bisagra inferior estaría ya blanca. ¿Llegaría esta historia alguna vez al mundo? ¿Cómo se lo tomarían sus amigos? Lo más probable es que lo leyeran al tomarse el café y lo comentasen en los clubs.

Los veía con toda claridad: ¡Pobre Cuthfert!, murmurarían. ¡Después de todo no era mal chico! Sonrió ante los elogios y luego siguió en busca de un baño turco. Siempre había la misma multitud en las calles. ¡Qué extraño! No notaba sus mocasines de piel de alce ni sus deshilachados calcetines alemanes.

Tomaría un taxi. Después de todo, no le vendría mal un baño y un afeitado. No. Primero comería. Filetes, patatas, verdura: ¡qué fresco era todo! ¿Y qué era eso? Miel, ¡ámbar líquido y chorreante! ¿Por qué le traían tanta? ¡Ja, ja! Nunca se la podría comer toda. ¡Limpia! Por supuesto. Colocó el pie encima de la caja. El limpiabotas lo miró con curiosidad, recordó sus mocasines de piel de alce y se marchó a toda prisa.

¡Escucha! La veleta giraba, seguro que giraba. No, era un mero zumbido de sus oídos. Eso era todo, un simple zumbido. Para entonces, el hielo debía haber rebasado la cerradura. Lo más seguro es que hubiera cubierto ya la bisagra superior. Entre los resquicios musgosos de los troncos del techo empezaron a aparecer pequeñas puntas de hielo. ¡Con qué lentitud crecían! No, no tan lentamente. Ahí estaba otra nueva, y allí otra. Dos, tres, cuatro, aparecían demasiado deprisa para poderlas contar. Ahí se habían juntado dos. Y allí se había unido una tercera. Ya no quedaban resquicios. Se habían unido todas para formar una, sábana.

Bueno, estaría acompañado. Si San Gabriel rompía alguna vez el silencio del Norte, estarían juntos, cogidos de la mano, ante el gran trono blanco. Y Dios los juzgaría. ¡Dios los juzgaría! Luego Percy Cuthfert cerró los ojos y se durmió.

AL HOMBRE EN EL CAMINO

-¡Échalo de una vez!

-Óyeme, Kid. Esto va a resultar demasiado fuerte. La mezcla del whisky y el alcohol ya es bastante explosiva. Y si además le añades coñac, pimienta y…

-¡Te digo que lo eches! ¿No soy yo el autor de este ponche? ¡Pues obedece!

Dicho esto, Malemute Kid sonrió bondadosamente en la atmósfera saturada de vapores y añadió:

-Cuando lleves tanto tiempo como yo en este país, hijito, y hayas tenido que seguir los rastros de los conejos, y que comer tripas de salmón para no morirte de hambre, sabrás que la Navidad sólo se celebra una vez al año, y que una Navidad sin ponche es algo tan triste como abrir un pozo en la roca viva sin encontrar un filón que recompense el duro trabajo.

-Haz lo que te dicen -intervino Big Jim Belden, que había llegado de Mazy May, su propiedad ya denunciada, para pasar con Malemute Kid las Navidades.

Todos sabían que Big se había alimentado de carne de alce durante los dos últimos meses.

-¿Te acuerdas -preguntó- del ponche que preparamos en el Tanana?

-¡Claro que me acuerdo! No se pueden imaginar, muchachos, la pítima que cogieron los tananas. Total, por un simple fermento de azúcar y levadura. Esto fue antes de que tú vinieses -continuó Malemute Kid, dirigiéndose a Stanley Prince, un joven que llevaba dos años en el país y era experto en cuestiones mineras-. En aquel entonces aún no había mujeres blancas en la región, y Mason quería casarse. El padre de Ruth, jefe de los tananas, se oponía a la boda, como los restantes miembros de la tribu… ¿Que era fuerte el brebaje? Pues le eché la última libra de azúcar que me quedaba; es de lo mejorcito que he hecho en mi vida… Fue cosa de ver la persecución río abajo y por los trechos en que había que pasar las canoas a hombros.

-¿Pero, y la squaw? -preguntó Louis Savoy, un francocanadiense de gran estatura, al que aquello interesaba, pues había oído hablar de la loca aventura cuando se hallaba en Forty Mile el invierno anterior.

Entonces, Malemute Kid, que era un narrador nato, refirió simplemente la historia del Lochinvar de las tierras del Norte. Más de un curtido aventurero de aquellas regiones sintió vibrar las cuerdas de su corazón y experimentó una vaga añoranza de los soleados pastos de las tierras del Sur, donde la vida prometía algo más que una estéril lucha con el frío y la muerte.

-Llegamos al Yukon pisando los talones a los primeros hielos que bajaban por sus aguas -concluyó-, y con los tatanas a nuestra espalda sólo a un cuarto de hora de camino. Pero nos salvamos, porque la segunda avenida de hielos obturó el río y contuvo a nuestros perseguidores. Cuando, finalmente, consiguieron llegar a Nuklukyeto, todas las fuerzas del puesto los esperaban. En cuanto a la ceremonia, pregunten al padre Roubeau, aquí presente, pues corrió a su cargo.

El jesuita se quitó la pipa de los labios, pero sólo pudo manifestar su complacencia con sonrisas patriarcales, mientras protestantes y católicos le aplaudían con el mismo entusiasmo.

-¡Vaya, vaya! -exclamó Louis Savoy, impresionado al parecer por aquel hecho novelesco-. La petite squaw; mon Mason brave. ¡Vaya, vaya!

Entonces empezaron a pasar de mano en mano las tazas de latón llenas de ponche, y Bettles, el «Insaciable», se puso en pie de un salto para entonar su canción báquica favorita:

Henry Ward Beecher allí está

y el maestro con él se va,

todos beben raíz del sasafrás;

pero puedes apostar,

si su nombre le has de dar,

que es el fruto prohibido y nada más.

El coro de alegres bebedores rugió:

Pero puedes apostar,

si su nombre le has de dar,

que es el fruto prohibido y nada más.

El espantoso brebaje preparado por Malemute Kid surtió su efecto. Los hombres de los campamentos y de las pistas sintieron que se les ensanchaba el alma a su calor, y en torno a la mesa surgieron chanzas, canciones y relatos de antiguas aventuras. A pesar de que había allí extranjeros procedentes de una docena de naciones distintas, todos levantaban la copa para brindar sucesivamente por cada uno de ellos y por todos. Fue Prince, el inglés, quien propuso un brindis por el «Tío Sam, el niño precoz del Nuevo Mundo»; a cambio, el yanqui Bettles bebió en honor de «la Reina, que Dios bendiga»; y Savoy chocó su copa con la de Meyers, el comerciante alemán, para brindar por Alsacia y Lorena.

Entonces se levantó Malemute Kid con la copa en la mano y su mirada se posó en la ventana de papel encerado, cubierta de más de siete centímetros de hielo.

-Por aquel que esta noche se halla en la pista... Que no le falte la comida, que no flaqueen las patas de sus perros, que sus cerillas no fallen...

En esto oyeron el familiar restallado del látigo canino, el quejumbroso ulular de los malemutes y los crujidos de un trineo que se acercaba a la cabaña. La conversación languideció. Todos estaban a la expectativa.

-Es un veterano: se cuida antes de sus perros que de sí mismo -susurró Malemute Kid al oído de Prince, mientras captaban los chasquidos de mandíbulas, los gruñidos de lobo y los aullidos de dolor que indicaban a sus diestros oídos que el forastero apartaba a golpes a los otros perros mientras echaba de comer a los suyos.

Entonces oyeron que unos nudillos golpeaban la puerta enérgica y confiadamente, y el forastero entró. Deslumbrado por la luz, vaciló y permaneció un momento en el umbral, lo cual permitió que todos lo examinasen a placer. Era un hombre de aspecto singular y pintoresco, vestido con un traje ártico de lana y pieles. Su estatura, sencillamente impresionante, pues rayaba en los dos metros, estaba en proporción con la anchura de su pecho y de sus hombros. Iba perfectamente rasurado, y su tez aparecía tersa y sonrosada a causa del frío. Sus largas pestañas y sus tupidas cejas estaban blancas de escarcha, y llevaba levantadas las orejeras de su gran gorro de piel de lobo, que alcanzaban a cubrirle también el cuello. Parecía algo así como un rey de los hielos que acabase de surgir de las sombras de la noche. Llevaba un chaquetón de Mackinaw ceñido por un cinturón guarnecido de cuentas y del que pendían dos grandes revólveres Colt y un cuchillo de caza. Además de empuñar el látigo especial para perros, iba armado con un rifle, del mayor calibre y del tipo más reciente, de los que disparan sin producir humo. A pesar de su paso firme y elástico, todos advirtieron, al verle de cerca, que estaba rendido de fatiga.

Reinaba un embarazoso silencio que el recién llegado no tardó en romper con un cordial saludo.

-Nos divertimos, ¿eh, muchachos?

Estas palabras rompieron el hielo. Malemute Kid se levantó y fue a estrecharle la mano. Aunque no se conocían más que de oídas, los dos supieron inmediatamente quién era el otro. Kid le presentó a todos sus amigos con un amplio ademán y le obligó a tomar una copa de ponche antes de explicar lo que allí le llevaba.

-¿Cuánto tiempo hace que ha pasado un gran trineo con tres hombres y ocho perros? -preguntó.

-Te lleva dos días de ventaja. ¿Lo persigues?

-Sí. Es mío. Se lo llevaron ante mis propias narices, los muy canallas. He conseguido ganar dos días de los cuatro que me llevaban de ventaja al principio. Los alcanzaré en la próxima etapa.

-¿Crees que te harán frente? -preguntó Belden para que no decayera la conversación, pues Malemute Kid ya había puesto la cafetera en la mesa y estaba muy atareado friendo tocino y carne de alce.

El forastero se palpó los revólveres con ademán significativo.

-¿A qué hora has salido de Dawson? -volvió a preguntar Belden.

-A las doce.

-¿De la noche, por supuesto?

-No, del mediodía.

Se oyó un murmullo general de admiración. La sorpresa no era inmotivada, pues acababan de dar las doce de la noche, y cubrir una etapa de ciento veinte kilómetros por el lecho helado de un río en sólo doce horas era algo que imponía respeto.

La conversación no tardó en generalizarse, y se volvió a hablar del pasado.

Mientras el joven recién llegado engullía la fuerte bazofia preparada por Malemute Kid, éste le observó con atención. No tardó en llegar a la conclusión de que aquella cara le era simpática, una cara noble, franca, hermosa. Aunque aquella fisonomía era todavía joven, en ella se percibían las huellas del trabajo rudo y de las penalidades. Durante la conversación, su semblante se animaba y mostraba una ingenua alegría, pero durante los silencios sus ojos azules anunciaban el duro, el acerado brillo que debía de percibirse en ellos cuando llegaba el momento de entrar en acción y especialmente en circunstancias adversas. La poderosa mandíbula y el cuadrado mentón hablaban de un carácter indómito y férreamente tenaz. Poseía las cualidades del león, pero no estaba desprovisto de cierta blandura casi femenina que revelaba una fina sensibilidad.

-Y así fue como la vieja y yo nos unimos -dijo Belden, concluyendo el emocionante relato de su galanteo-. «Aquí estamos, padre», dijo ella. «Vete al cuerno», le contestó su padre, y luego me dijo a mí: «Jim, vamos a ver de lo que eres capaz. Quiero que antes de cenar ares una buena parte de esos cuarenta acres.» Y luego se volvió hacía ella y le dijo: «Y tú, Sal, vete a fregar los platos.» Y entonces dio un respingo y la besó. Y yo no cabía en mí de gozo. Pero él, al darse cuenta, me gritó: «¡Andando, Jim!» Y yo salí como un rayo hacia el establo.

-¿Has dejado a algún niño esperándote en los Estados Unidos? -le preguntó el forastero.

-No; Sal murió antes de darme ninguno. Por eso estoy aquí.

Belden, pensativo, trató de encender la pipa, que no se había apagado, y, animándose de pronto, preguntó:

-¿Y tú, forastero, eres casado?

Por toda respuesta, el joven abrió su reloj, le quitó la correa que hacía las veces de cadena y lo entregó a los reunidos. Belden lo acercó a la lámpara de sebo, examinó el interior de la caja con ojo crítico y, después de expresar su admiración en voz baja, lo entregó a Louis Savoy. Éste murmuró repetidamente: «¡Vaya, vaya!» Y lo pasó a Prince. Todos observaron que sus manos temblaban y que un brillo de ternura aparecía en sus ojos. Así fue pasando por todas aquellas manos callosas el reloj del forastero, en cuyo interior había una fotografía de mujer de dulce rostro y que tenía un niño en brazos. Era una mujer como la que anhela la mayoría de los hombres. Los que no la habían visto aún, estaban impacientes; los que ya la habían visto, quedaban sumidos en un silencio nostálgico. Todos eran capaces de enfrentarse con el hambre, con el escorbuto y con la muerte en el campo o en el agua; pero la imagen de aquella joven desconocida con su hijo en los brazos los convertía a todos en mujeres o niños.

-Yo aún no conozco al niño. Es chico y ya tiene dos años -dijo el forastero cuando le devolvieron el tesoro. Él le dirigió una rápida mirada. Luego cerró de golpe la tapa y se volvió, pero no lo hizo a tiempo para ocultar las lágrimas que asomaban a sus ojos.

Malemute Kid lo acompañó a una litera y le dijo que se acostase.

-Llámenme a las cuatro en punto. No olviden hacerlo -fueron sus últimas palabras. Y un momento después respiraba pesadamente, sumido en el sueño profundo del hombre rendido de cansancio.

-¡Por Jove! Este tipo tiene agallas -comentó Prince-. Un sueño de sólo tres horas después de recorrer ciento veinte kilómetros con los perros, y luego, de nuevo a la pista. ¿Quién es, Kid?

-Es Jack Westondale. Lleva aquí tres años. Según se dice, trabaja como un negro y tiene toda la mala suerte que se puedan imaginar. Yo no lo conocía personalmente, pero Sitka Charley me había hablado de él.

-Es extraño que un hombre que tiene una mujercita tan encantadora esté malgastando el tiempo en este rincón olvidado de Dios, donde cada año de vida pesa como dos vividos en cualquier otra parte.

-Lo que le pasa es que es un hombre muy entero y obstinado. Ha estado dos veces a punto de retirarse con una buena tajada, pero ambas veces lo perdió todo.

En este momento la conversación fue interrumpida por las estruendosas carcajadas de Bettles, pues el efecto producido por la llegada del forastero había comenzado a disiparse. Y pronto los tristes años de comida monótona y trabajo abrumador cayeron en el olvido en medio de la algazara general. Solamente Malemute Kid parecía incapaz de participar en aquel regocijo y, de vez en cuando, consultaba ansiosamente su reloj. Al fin, se puso los guantes y el gorro de piel de castor, salió de la cabaña y empezó a revolver los víveres en el oculto depósito.

También fue incapaz de esperar a la hora indicada para despertar a su huésped: lo hizo quince minutos antes. El joven gigante tenía los miembros tan entumecidos, que fue necesario administrarle enérgicas fricciones para que pudiese ponerse en pie. Salió de la cabaña tambaleándose penosamente y vio que sus perros estaban enganchados al trineo y todo a punto para partir. La concurrencia le deseó buena suerte y una corta persecución.

Después de bendecirlo a toda prisa, el padre Roubeau fue el primero en volver corriendo a la cabaña. Esto no era extraño, pues a nadie le gusta aguantar una temperatura de casi sesenta grados centígrados bajo cero con las manos y las orejas descubiertas.

Malemute Kid lo acompañó hasta la pista principal, y una vez allí, después de estrecharle la mano efusivamente, le dio varios consejos.

-Encontrarás cuarenta y cinco kilos de huevos de salmón en el trineo -le dijo-. Los perros irán tan lejos con esto como si llevases sesenta kilos de pescado. No encontrarás comida para los perros en Pelly, cosa que sin duda ya tenías prevista-. El forastero dio un respingo y sus ojos centellearon, pero no le interrumpió-. No encontrarás ni una onza de comida para animales ni hombres hasta que llegues a Cinco Dedos, que está a más de trescientos veinte kilómetros de aquí. Ten cuidado no vayas a caerte en algún agujero cuando vayas por el río de las Treinta Millas, y cerciórate de que tomas el atajo principal al salir de Le Barge.

-¿Cómo sabes todo esto? Es imposible que mis planes hayan llegado aquí antes que yo.

-No quiero hablar de esto. Sólo te diré que ese trineo que persigues nunca fue tuyo. Sitka Charley lo vendió a esos hombres la primavera pasada. Pero una vez me dijo que tú eras un hombre cabal, y yo le creo. He visto tu cara y me parece noble. Y he visto… pues todo lo que has hecho, y esa mujer que tienes y…

Kid se quitó los guantes y sacó una pequeña bolsa que llevaba en un bolsillo.

-No; no lo necesito -dijo el forastero.

Y las lágrimas se le helaron en las mejillas mientras estrechaba convulsivamente la mano de Malemute Kid.

-No tengas miramientos con los perros; cuando caigan, corta las correas y déjalos; compra los que te hagan falta y piensa que te salen baratos a diez dólares la libra. Encontrarás perros en Cinco Dedos, Pequeño Salmón y Hootalincua. Y procura no mojarte los pies.

Y todavía le dio un último consejo antes de que se separaran.

-Sigue viajando mientras la temperatura no sea inferior a los treinta y dos grados, pero si baja más, enciende fuego y cámbiate los calcetines.

Apenas habían transcurrido quince minutos, un tintineo de campanillas anunció nuevas llegadas. La puerta se abrió y entró en la choza un hombre de la policía montada del Noroeste, seguido por dos mestizos con aspecto de conductores de perros. Como Westondale, iban armados hasta los dientes y daban muestras de fatiga. Los mestizos habían nacido en la pista y soportaban bien el cansancio; pero el joven policía estaba extenuado. Sin embargo, la ceñuda tenacidad de su raza le obligaba a ajustarse a la marcha que él mismo se había impuesto y que seguiría manteniendo hasta caer rendido de fatiga.

-¿Cuándo salió de aquí Westondale? -preguntó-. Se detuvo aquí, ¿verdad?

La pregunta era innecesaria, pues se veían claramente las huellas que el trineo había dejado en la nieve.

Malemute Kid cruzó una mirada con Belden y éste, dándose cuenta de la situación, replicó evasivamente:

-Hace ya bastante rato.

-¡Vamos, habla! -exclamó el policía.

-Parece tener usted grandes deseos de alcanzarlo. ¿Es que ha armado camorra allá abajo, en Dawson?

-Atracó a Harry McFarland y se llevó cuarenta mil dólares; luego los cambió en el almacén del alguacil por un cheque contra un Banco de Seattle. ¿Quién le impedirá que lo haga efectivo si no lo alcanzamos? ¿Hace mucho que se fue?

Todos procuraron disimular su excitación, pues Malemute Kid los había puesto ya sobre aviso, y el policía sólo vio a su alrededor rostros impasibles.

Entonces se acercó a Prince y le hizo la misma pregunta que había hecho a Belden. Prince le respondió con una evasiva y acto seguido se puso a hablar del estado de la pista, aunque le fue violento proceder de este modo con aquel compatriota de semblante franco y noble.

En esto, el policía descubrió al padre Roubeau, que no podía mentir, debido a su sagrado ministerio.

-Hace un cuarto de hora -dijo el sacerdote, respondiendo a su pregunta-. Y antes de partir han descansado durante cuatro horas él y los perros.

-¡Santo Dios! Nos lleva quince minutos de ventaja y va descansado.

El pobre muchacho se tambaleó; poco faltó para que se desmayase, tal era su agotamiento y tal fue su desencanto, mientras decía algo entre dientes acerca de la etapa de Dawson allí, cubierta en diez horas, haciendo echar el bofe a los perros.

Malemute Kid lo obligó a tomar una taza de ponche. Luego, el policía se dirigió a la puerta, ordenando a los dos mestizos que lo siguiesen. Pero el calorcito de que se gozaba en la cabaña y la perspectiva de un buen descanso eran demasiado tentadores, y ellos se negaron a obedecer.

Hablaban en un argot francés que Kid entendía. Así, pudo seguir atentamente -y no sin cierta ansiedad- la conversación de los mestizos.

Ambos juraban y perjuraban que los perros estaban agotados, que tendrían que matar a tiros a Siwash y Babette antes de que hubieran recorrido un kilómetro, que los demás perros estaban también exhaustos, y que lo más prudente sería que todos se quedasen a descansar.

-¿Me presta cinco perros? -preguntó el policía a Malemute Kid.

Kid movió la cabeza negativamente.

-Le firmaré un cheque de cinco mil dólares, que pagará el capitán Constantine… Aquí tiene mis documentos. Como puede ver, estoy autorizado para disponer de fondos.

De nuevo obtuvo una negativa silenciosa.

-Entonces, los requisare en nombre de la Reina.

Kid sonrió incrédulamente mientras dirigía una mirada a su bien provisto arsenal, y el inglés, convencido de su impotencia, se encaminó a la puerta. Al ver que los dos mestizos seguían murmurando, se volvió encolerizado hacia ellos y los llamó mujeres y perros callejeros. El atezado rostro del mestizo de más edad enrojeció de ira. El conductor de perros se levantó y afirmó en términos rotundos y enérgicos que viajarían hasta que su jefe se desplomara, y entonces ellos le dejarían abandonado en la nieve sin ningún remordimiento.

El joven policía, haciendo un desesperado esfuerzo, se dirigió a la puerta con paso firme y aparentando un vigor y una ligereza que estaba muy lejos de poseer. Aunque todos los presentes admiraron su resolución y su arrogancia, él no podía evitar que, a veces, apareciera en su rostro una mueca de extenuación.

Los perros estaban cubiertos de escarcha y hechos un ovillo en la nieve. Resultó casi imposible obligarlos a ponerse en pie. Los pobres animales gemían a cada latigazo, pues los mestizos, llevados de su irritación, manejaban el látigo sin contemplaciones. No fue posible poner el trineo en marcha hasta que cortaron las correas de Babette, la perra que iba en cabeza y que tuvieron que abandonar.

-¡Ha resultado un miserable y un embustero!

-¡Y tanto!

-Un ladrón.

-Peor que un indio.

Todos estaban furiosos, primero porque se consideraban engañados, y segundo, por el ultraje inferido a la ética del Norte, donde en tanto aprecio se tenía a la honradez.

-¡Y nosotros ayudando a ese sinvergüenza después de saber lo que hizo!

Todas las miradas se volvieron acusadoramente hacia Malemute Kid, que dejó el rincón donde había instalado cómodamente a Babette y empezó a vaciar en silencio el recipiente del ponche para ofrecer la última ronda.

-Hace frío esta noche, muchachos, un frío que se clava en la carne -fue el incongruente comienzo de su defensa-. Todos ustedes han viajado por la pista y saben lo que es este frío... No se arrojen sobre un perro caído. Sólo han oído una versión de los hechos. Jamás ha compartido nuestra mesa ni nuestra manta un hombre más honrado e intachable que Jack Westondale... El otoño pasado dio todos sus ahorros, que ascendían a cuarenta mil dólares, a Joe Castrell para que los invirtiese en el Dominio. De haberse cumplido sus deseos, hoy sería millonario. Pero mientras él se hallaba en Circle City cuidando a su socio, que había pescado el escorbuto, Castrell apareció muerto en la nieve, después de pasar la frontera. Antes había estado en casa de McFarland y el dinero había desaparecido... Y el pobre Jack, entre tanto, haciendo planes para regresar este invierno al lado de su esposa y de su hijo, ese niño que no ha visto todavía... Observen que sólo se apropió de la cantidad que había perdido: cuarenta mil dólares... Además, ahora ya está lejos y nada podemos hacer.

Paseó su mirada por el círculo de semblantes atentos y vio cómo se suavizaban las expresiones de aquellos rostros. Entonces alzó el brazo.

-Por eso -dijo- propongo un brindis por el hombre que esta noche va por la pista. Que no le falte comida, que no flaqueen las patas de sus perros, que no le falle ninguna cerilla. En fin, que Dios le ayude y...

-¡Que fracase la policía montada! -exclamó Bettles, mientras todos chocaban las tazas de latón.

ODISEA EN EL NORTE

I

Los trineos dejaban oír su eterna queja, a la que se mezclaba el chirriar de los arneses y el tintineo de las campanillas de los perros que iban en cabeza. Pero los hombres y los animales, rendidos de fatiga, guardaban silencio. Una capa de nieve reciente dificultaba la marcha sobre la pista. Estaban ya muy lejos del punto de partida. Los perros, arrastrando una carga excesiva de ancas de alce congeladas, duras como el pedernal, se apalancaban con todas sus fuerzas en la blanda superficie de la nieve y avanzaban con una terquedad casi humana.

Caía la noche, pero nadie pensaba en acampar. La nieve descendía suavemente por el aire inmóvil, no en copos, sino en diminutos cristales de dibujos delicados y sutiles. La temperatura era bastante alta -sólo veintitrés grados bajo cero- y los hombres no sentían frío. Meyers y Bettles habían levantado las orejeras de sus pasamontañas y Malemute Kid incluso se había quitado los guantes.

Los perros, aunque fatigados desde las primeras horas de la tarde, empezaron a dar muestras de un nuevo vigor. Entre los más sagaces reinaba cierta desazón. Se impacientaban ante las limitaciones que imponían a su marcha los arreos; sus movimientos eran rápidos, pero indecisos; olfateaban nerviosamente y levantaban las orejas. Estos canes se enfurecían ante la flema de algunos de sus congéneres y los estimulaban con continuos e insidiosos mordiscos en los cuartos traseros, proceder que las víctimas imitaban en perjuicio de otros. De súbito, el perro que abría la marcha en el primer trineo lanzó un agudo gemido de satisfacción y, casi echándose en la nieve, descargó todo el peso de su cuerpo sobre el collar. Todos los demás perros hicieron lo mismo, de modo que se tensaron los arreos y los trineos dieron un salto hacia adelante. Los hombres se asieron con fuerza a las varas y aceleraron la marcha para no ser atropellados por las otras traíllas. El cansancio de la jornada les abandonó y empezaron a alentar con sus gritos a los perros, que respondieron con gozosos ladridos. El avance a través de las crecientes tinieblas cobró gran vivacidad.

-¡Arre, arre! -gritaban los hombres cuando su trineo abandonaba de pronto la pista principal, escorando por efecto de la tracción de una sola fila de perros, como lugres que reciben el viento de costado.

Luego emprendieron con frenesí la carrera final para cubrir el centenar de metros que los separaba de la ventana iluminada, cubierta por un pergamino, que indicaba la presencia de una acogedora cabaña, con su llameante estufa del Yukon y sus teteras humeantes. Pero el anhelado refugio estaba ocupado. Sesenta perros esquimales de cuerpo peludo llenaron el espacio con sus gruñidos de desconfianza y se arrojaron sobre la traílla que tiraba del primer trineo. En esto la puerta de la cabaña se abrió de par en par y apareció un hombre que vestía la guerrera escarlata de la Policía del Noroeste. El policía se internó en aquella masa de enfurecidos perros que le llegaba a las rodillas, y, manejando con la mayor equidad el mango de un látigo especial para este género de animales, restableció la calma.

Después, los hombres se dieron la mano. Así fue recibido Malemute Kid por un extraño en su propia cabaña. Stanley Prince era quien en realidad debió salir a recibirle, pero estaba muy ocupado, pues tenía que atender a la estufa del Yukon, a las teteras y a sus huéspedes, que, en número aproximado de una docena, formaban el grupo más abigarrado que jamás había servido a la Reina y que se cuidaba de repartir el correo y de imponer el respeto a las leyes. Aquellos hombres eran de los más diversos orígenes, pero la vida que llevaban les había dado un sello común característico: todos eran hombres delgados y fuertes, de piernas endurecidas por las caminatas, rostro curtido por el sol y almas apacibles que se mostraban en sus miradas francas, nobles y enérgicas. Conducían los perros de la Reina, inspiraban temor a los enemigos de Su Majestad, comían lo que la soberana les asignaba, que no era mucho, y se sentían felices y contentos. Habían visto la vida cara a cara, y, aunque ellos no lo sabían, habían realizado verdaderas hazañas y corrido aventuras novelescas.

Estaban como en casa propia. Dos de ellos, tendidos en la litera de Malemute Kid, entonaban canciones que ya cantaban sus antepasados franceses cuando ocuparon las regiones del Noroeste y se unieron a las mujeres indias.

La litera de Bettles había sufrido una invasión similar: tres o cuatro fornidos voyageurs habían introducido los dedos de los pies entre las mantas y escuchaban el relato de otro que había servido en la brigada flotante de Wolseley, cuando logró llegar a Jartum peleando desde sus barcas. Luego tomó la palabra un vaquero y empezó a hablar de las cortes, los reyes, las damas y los caballeros que había visto cuando acompañó a Búfalo Bill en su viaje por las capitales de Europa. En un rincón, dos mestizos, antiguos camaradas de armas en una campaña que había fracasado, remendaban arneses y hablaban de los días en que reinaba Luis Riel y las llamas de la insurrección se alzaban en todo el Noroeste.

Se oían rudas chanzas y bromas más rudas aún y se referían las más extraordinarias y arriesgadas aventuras -ocurridas en la pista y en el río- con la mayor naturalidad, como si sólo merecieran recordarse por alguna nota de humor o algún detalle ridículo. Prince se sintió subyugado por aquellos héroes anónimos que habían asistido a la formación de la historia y medían por el mismo rasero lo grande y romántico que los pequeños incidentes de la vida cotidiana. Les dio de fumar con despreocupada esplendidez, y entonces se aflojaron las cadenas enmohecidas de los recuerdos, y, para deleite suyo, se rememoraron odiseas olvidadas.

La conversación decayó al fin. Los viajeros llenaron las últimas pipas, desataron las pieles fuertemente arrolladas y se dispusieron a dormir. Entonces Prince se volvió hacia su camarada para pedirle más noticias.

-Ya sabes quién es el vaquero -respondió Malemute Kid, empezando a desatarse los mocasines-; y no es difícil adivinar la sangre que corre por las venas de su compañero de cama. En cuanto a los restantes, son todos hijos de los coureurs du bois, mezclados con sabe Dios cuántas otras sangres. Los dos que ahora entran son mestizos corrientes, boisbrûlés. Ese muchacho que lleva una bufanda de tela de pantalones (observa sus cejas y la caída de su quijada) demuestra que un escocés lloró entre el humo que llenaba la tienda de su madre. Y aquel tipo tan apuesto que se está colocando el capote como almohada es un mestizo francés, como habrás notado al oírle hablar. No tiene la menor simpatía a los indios que se disponen a acostarse a su lado. Ya sabes que cuando los mestizos se alzaron acaudillados por Riel, los pura sangre no tomaron parte en la lucha; desde aquel día no se ha prodigado el amor entre ambas comunidades.

-Pero dime: ¿quién es aquel individuo de aspecto fúnebre que está junto a la estufa? No debe de saber inglés: no ha dicho esta boca es mía en toda la noche.

-Te equivocas. Habla el inglés perfectamente. ¿No has visto cómo miraba a uno y a otro durante la conversación? Yo sí que lo he advertido. Pero no tiene parentesco alguno ni amistad con los demás. Cuando ellos hablaban en su argot, él no comprendía ni una palabra. Me he preguntado quién será. Vamos a averiguarlo.

Y Malemute Kid, levantando la voz y mirando fijamente al desconocido, le ordenó:

-¡Echa un poco de leña a la estufa!

Éste se apresuró a obedecer.

-En algún sitio le han inculcado la disciplina a palos -comentó Prince en voz baja.

Malemute Kid asintió y, después de quitarse los calcetines, se dirigió a la estufa, sorteando los cuerpos tendidos. Cuando estuvo junto al fuego, colgó sus húmedas prendas entre una veintena de calcetines puestos a secar.

-¿Cuándo crees que llegarás a Dawson? -preguntó al desconocido.

Éste le observó un momento antes de contestar.

-Dicen que está a unos ciento veinte kilómetros. Yo creo que tardaré unos dos días.

Apenas se le notaba acento extranjero y hablaba sin dificultad alguna.

-¿Habías estado en esta región?

-No.

-¿Y en el Noroeste?

-Sí.

-¿Naciste allí?

-No.

-Pues ¿dónde demonios naciste? Tú no eres como ésos -Malemute Kid señaló a los conductores de los perros, incluyendo a los dos policías que se habían acostado en la litera de Prince-. ¿De dónde eres? He visto caras como la tuya más de una vez, aunque no recuerdo dónde ni cuándo.

-Yo te conozco -dijo el misterioso individuo sin que viniese a cuento, como si quisiera esquivar las preguntas de Malemute Kid.

-¿De dónde? ¿Nos habíamos visto ya?

-Tú y yo, no; a quien vi fue a tu socio el sacerdote, hace ya mucho tiempo, en Pastilik. Me preguntó si te había visto, Malemute Kid. Me dio de comer. No estuve allí mucho tiempo. ¿No te habló de mí?

-¡Ah! ¿Tú eres aquel que cambiaba pieles de nutria por perros?

El hombre asintió, golpeó su pipa para vaciarla y se envolvió en sus pieles como prueba de que no se sentía inclinado a seguir conversando. Malemute Kid apagó de un soplo la lámpara de sebo y se introdujo bajo las mantas con Prince.

-Dime, ¿quién es ese hombre? – preguntó éste.

-No lo sé. Esquivó mis preguntas y después se cerró como una ostra. Sin duda es uno de esos tipos que despiertan la curiosidad. Ya había oído hablar de él. Su nombre corría por toda la costa hace ocho años. Es un individuo misterioso. Bajó del Norte en pleno invierno, de un punto situado a muchos miles de kilómetros de aquí, siguiendo la orilla del mar de Behring y caminando como si el diablo le pisara los talones. Nadie supo jamás de dónde había partido, pero seguramente llegaba de muy lejos, pues estaba deshecho por las penalidades sufridas durante el viaje cuando el misionero sueco de la bahía de Golovin le dio de comer y le indicó el camino del Sur. Yo me enteré más tarde. Después abandonó la costa y se internó en el estuario del Norton. Allí lo recibió un tiempo infernal: ventiscas y fuertes vendavales. Pero consiguió salir con vida de aquel lugar donde cualquier otro habría dejado la piel. Pasando por Pastilik, no por St. Michael, volvió a la costa. Lo había perdido casi todo y estaba muerto de hambre. Pero aún le quedaban dos perros. Ansiaba seguir adelante. El padre Roubeau le proporcionó víveres, pero no pudo prestarle ningún perro: tenía que salir de viaje y, para partir, sólo esperaba que llegase yo. Nuestro amigo Ulises tenía demasiada experiencia para continuar la marcha sin perros, y durante varios días permaneció allí. Estaba en ascuas. En su trineo llevaba un buen montón de pieles de nutria magistralmente curtidas…, de nutria marina, por supuesto, que es una piel que vale su peso en oro.

»En Pastilik residía entonces un mercader ruso, un émulo de Shylock, que tenía gran cantidad de perros. En la entrevista que tuvo con él, el forastero no perdió demasiado tiempo regateando, y cuando regresó al Sur, de su trineo tiraba una hermosa traílla de perros. No hay que decir que el Shylock de Pastilik se había apropiado las pieles de nutria. Yo vi esas pieles. Eran estupendas. Hice un cálculo y llegué a la conclusión de que los perros le habían resultado a nuestro hombre a quinientos cada uno como mínimo. Sin embargo, todo parecía indicar que el vendedor sabía perfectamente lo que valían las pieles de nutria. Desde luego, era indio, y lo poco que decía dejaba entrever que había vivido entre hombres blancos.

»Cuando el mar se deshiló, de la isla de Nunivak llegó la noticia de que nuestro forastero se había presentado allí en busca de comida. Luego dejó de saberse de él y ésta es su primera reaparición después de ocho años de ausencia. Y yo me pregunto: ¿De dónde es? ¿Qué hacía en su patria? ¿Por qué ha venido? Es indio, nadie sabe dónde ha estado y le han metido la disciplina en el cuerpo, lo cual es muy raro en un indio. Otro misterio del Norte que puedes aclarar, Prince.

-Muchísimas gracias, pero de momento ya tengo bastantes problemas por resolver -contestó Prince.

Malemute Kid respiraba ya con la profundidad del sueño; pero el joven ingeniero de minas, aunque estaba echado, tenía los ojos abiertos y miraba hacia arriba como si quisiera perforar las espesas tinieblas, en espera de que desapareciese la extraña excitación que lo agitaba. Y cuando se durmió, su cerebro siguió funcionando. Esta vez también él vagó por la blanca extensión desconocida, avanzando penosamente con los perros por pistas interminables y viendo cómo los hombres vivían, luchaban y morían como hombres.

A la mañana siguiente, unas horas antes del amanecer, los conductores de perros y los policías continuaron su marcha hacia Dawson. Pero las autoridades que velaban por los intereses de Su Majestad y regían los destinos de los súbditos más modestos concedían poco descanso a los correos, los cuales aparecieron una semana después en el río Stuart con la excesiva carga de la abundante correspondencia destinada a Salt Water. Verdad es que llevaban perros de refresco; pero los perros eran siempre perros.

Los hombres deseaban encontrar un lugar de descanso. Por otra parte, Klondike, la nueva región del Norte, les seducía: ansiaban ver aquella Ciudad del Oro, donde el polvo amarillo corría como el agua y en la que había salones de baile donde el bullicio y la alegría eran continuos. Antes de acostarse, pusieron a secar sus calcetines y fumaron sus pipas con el mismo placer que en su viaje anterior. Dos de aquellos hombres, llevados de su temeridad, convinieron que era posible una deserción para cruzar las inexploradas

Montañas Rocosas que se alzaban en el Este, y regresar, siguiendo el curso del Mackenzie, a los terrenos de la región de Chippewyan, donde habían triturado mineral. Otros dos o tres estaban decididos a regresar a sus hogares por aquella misma ruta, una vez terminado el servicio, y empezaron a trazar planes, ansiosos de acometer la arriesgada empresa que para ellos era, poco más o menos, lo que para un hombre de la ciudad una excursión de un día a la montaña.

El de las pieles de nutria daba muestras de gran intranquilidad, aunque apenas desplegaba los labios. Al fin, se llevó a Malemute Kid a un rincón y estuvo un buen rato conversando con él en voz baja. Prince les dirigía miradas llenas de curiosidad y todo aquello le pareció mucho más misterioso cuando ambos salieron de la cabaña después de ponerse los guantes y las gorras.

Cuando volvieron a entrar, Malemute Kid puso sus balanzas en la mesa, pesó sesenta onzas de oro y las echó en el saco del forastero. Entonces el jefe de los conductores de perros se incorporó a la reunión y participó en algunas transacciones. Al día siguiente, el grupo se fue río arriba, pero el hombre de las pieles de nutria se aprovisionó de víveres y emprendió el regreso a Dawson.

-No sabía cómo complacerlo -dijo Malemute Kid en respuesta a las preguntas de Prince-. El pobre hombre quería que le diese de baja en el servicio con cualquier pretexto. Sin duda, tenía para ello alguna razón importante, pero ni siquiera me insinuó cuál era. Verás, es como en el servicio militar. Él se había alistado por dos años, y el único medio para dejarlo era pagar como si fuese un soldado de cuota. Si desertaba, no podía quedarse aquí, cosa que deseaba por encima de todo. Dice que tuvo esta idea cuando llegó a Dawson. Pero no tenía un céntimo y allí no conocía a nadie. Yo era la única persona con la que había cambiado algunas palabras. Habló con el teniente gobernador y éste le dijo que yo le daría dinero…, prestado, como es natural. Me ha dicho que me lo devolverá dentro de un año y que, si quiero, me proporcionará algo que vale la pena. Ignora lo que es, pero sabe que vale la pena.

»Óyeme: cuando me hizo salir, estaba a punto de echarse a llorar. Entre ruegos e imploraciones, se arrojó a mis pies, sobre la nieve, y no se levantó hasta que yo le obligué a hacerlo. Hablaba como si se hubiese vuelto loco. Me ha asegurado que para llegar hasta aquí ha tenido que luchar durante varios años y que no podía sufrir tener que volverse a marchar. Yo le pregunté qué quería decir con eso de poder llegar hasta aquí, pero él no quiso explicármelo. Dijo que tal vez le destinaran a la otra mitad del recorrido, por lo que estaría dos años sin poder ir a Dawson, y que entonces sería ya demasiado tarde. Nunca había visto a un hombre tan fuera de sí. Y cuando le dije que le prestaría el dinero, tuve que levantarlo de la nieve por segunda vez. Le advertí que le hacía el préstamo que necesitaba para equipo y provisiones, a cambio de una participación en sus beneficios si descubría alguna mina. ¿Crees que aceptó? Pues no. Me aseguró que me daría todo lo que encontrase, que me enriquecería mucho más de lo que pudiera soñar el hombre más avaro, y me hizo otras promesas parecidas. Pero no cabe duda de que un hombre que prefiere exponer su vida y perder su tiempo a conceder una participación en sus beneficios, no es lógico que entregue ni siquiera una mitad de lo que encuentre. Óyelo bien, Prince: detrás de todo esto hay algo. Oiremos hablar de ese hombre si se queda en la región.

-¿Y si no se queda?

-Entonces habré de arrepentirme de mi generosidad y perderé sesenta onzas de oro.

Con las largas noches volvió el frío. El sol reanudó su antiguo juego de atisbar por encima del nevado horizonte meridional, donde nadie había oído hablar de la proposición de Malemute Kid.

Una tenebrosa mañana de principios de enero, una caravana de trineos excesivamente cargados se detuvo ante la cabaña enclavada más allá del río Stuart. El hombre de las pieles de nutria llegaba con ellos y a su lado iba uno de esos seres que ya apenas existen: Axel Gunderson. La gente del Norte nunca hablaba de suerte, de valor ni de dinero, sin mencionar este nombre. Junto a las hogueras de los campamentos no se podían referir actos de fuerza y audacia ni temerarias aventuras sin citar a Axel Gunderson. Y si la charla languidecía, bastaba mencionar a la mujer que compartía su suerte, para que los contertulios se animaran.

Axel Gunderson era uno de aquellos hombres que nacían cuando el mundo era joven. Rebasaba los dos metros de estatura y vestía de un modo tan pintoresco que se le podía tomar por un rey de Eldorado. Su pecho, su cuello y sus miembros eran los propios de un gigante. Al tener que soportar ciento treinta y cinco kilos de hueso y músculo, sus esquís superaban en un metro la medida de los corrientes. Su rostro de toscas facciones, frente recia, mandíbulas poderosas, ojos azules, claros y penetrantes, revelaba que era un hombre que no conocía más ley que la de la fuerza. Su cabello, sedoso y amarillo como el trigo maduro, presentaba mil incrustaciones de escarcha, cruzaba su frente dando la impresión de que el día atravesaba la noche, y caía abundantemente sobre su chaqueta de piel de oso.

Una especie de aureola marinera parecía rodearle cuando bajaba por la estrecha pista precediendo a los perros, y al golpear con el mango de su látigo la puerta de la cabaña de Malemute Kid, dio la impresión de ser un vikingo que llamase con fuertes golpes a la puerta de un castillo para pedir alojamiento durante una de sus correrías por el Sur.

Prince se arremangó, dejando al descubierto sus brazos de formas femeninas, y empezó a amasar pan ázimo. Mientras se dedicaba a esta tarea, dirigía continuas miradas a sus huéspedes, tres viajeros que tal vez no volverían a hallarse bajo aquel techo en toda su vida.

El forastero al que Malemute Kid había puesto el sobrenombre de Ulises seguía fascinándole, pero el interés de Prince se concentraba en Axel Gunderson y su compañera. Ésta acusaba el cansancio de la jornada. Cierto que había descansado en cómodas cabañas desde que su esposo se había adueñado de las riquezas que ofrecían aquellos helados caminos, pero la fatiga había acabado por apoderarse de ella.

Apoyó la cabeza en el ancho pecho de Axel, como una flor que descansara en un muro, y respondió perezosamente a las amables bromas de Malemute Kid, mientras hacía hervir de vez en cuando la sangre de Prince con la mirada de sus ojos oscuros y profundos. Y es que Prince era un hombre sano y vigoroso que había visto muy pocas mujeres desde hacía mucho tiempo. Aquélla era mayor que él y, además, de raza india; pero era distinta a todas las mujeres indígenas que había conocido. Aquella mujer había viajado por diversos países, sin excluir el suyo, según se deducía de su conversación. Estaba impuesta de todo aquello que conocían las mujeres de su raza y, además, de otras muchas cosas que no era natural que éstas supiesen.

Sabía preparar una comida de pescado secado al sol y hacer una cama en la nieve. No obstante, les explicaba el modo de servir un banquete de numerosos platos, y los ponía en evidencia y provocaba discusiones al hablarles de antiguas recetas culinarias que ellos casi habían olvidado.

Conocía las costumbres del alce, del oso y del pequeño zorro azulado, así como la vida de los salvajes anfibios que poblaban los mares del Norte. Dominaba la ciencia de navegar por los arroyos, y las huellas que dejaban los hombres, las aves y los animales terrestres sobre la blanca superficie de la nieve, eran para ella como las páginas de un libro abierto.

Prince la vio parpadear con un gesto de comprensión cuando oyó las reglas del campamento, obra de Bettles, que las había dictado en una época en que su sangre hervía y que eran notables como notas de humor espontáneo y sencillo. Prince volvía el cartelito de cara a la pared cuando sabía que tenían que llegar mujeres al campamento; pero quién podía imaginarse que aquella visitante indígena… En fin, el mal ya no tenía remedio.

Ésta era la esposa de Axel Gunderson, aquella mujer cuya fama rivalizaba con la de su marido y se extendía, como la de él, por todo el Norte. Cuando se sentaron a la mesa, Malemute Kid la provocó con la confianza que le permitía su antigua amistad con ella, y Prince se sobrepuso a la timidez propia del primer encuentro y se unió a las bromas. Pero ella supo salir airosa de la lucha desigual, mientras que su esposo, más tardo de entendimiento, sólo se atrevía a aplaudirla. ¡Qué orgulloso estaba de ella! Esto se veía claramente. Todas sus miradas, todos sus actos revelaban el gran espacio que ella ocupaba en su vida. El hombre de las pieles de nutria comía en silencio, olvidado por los protagonistas de la alegre contienda, y cuando ya hacía rato que los demás habían terminado de comer, se levantó y se fue a hacer compañía a los perros. Pero, por desgracia, sus compañeros de viaje se pusieron demasiado pronto los guantes y las chaquetas de piel con caperuza y le siguieron.

No había nevado desde hacía muchos días y los trineos se deslizaban por la endurecida pista del Yukon con tanta facilidad como si corriesen sobre hielo resbaladizo. Ulises conducía el primer trineo; con el segundo iban Prince y la mujer de Axel Gunderson; Malemute Kid y el gigante rubio conducían el tercero.

-No es más que un presentimiento, Kid -dijo Axel-, pero creo que acierta. Él nunca ha estado allí, pero su relato es convincente y además exhibe un mapa del que yo ya había oído hablar hace años, cuando estuve en la región de Kootenay. Me gustaría que tú vinieses; pero es un hombre extraño y dijo rotundamente que lo dejaría todo si venía alguien más. Pero cuando yo vuelva tendrás opción antes que nadie. Tu puesto estará inmediatamente después del mío. Además, puedes contar con la mitad del terreno de la ciudad... ¡No, no! -exclamó, cuando el otro trató de interrumpirle-. Esto lo llevo yo y, antes de haber terminado, necesitaré contar con otro. Si todo sale bien, ese lugar será un segundo Cripple Creek. ¿Comprendes lo que esto significa? ¡Un segundo Cripple Creek! Para que te enteres, se trata de cuarzo, no de un «placer», y si lo explotamos bien nos haremos los amos, pues tendremos millones. Yo ya había oído hablar de ese sitio, y tú también. Construiremos una ciudad... Millares de obreros... Buenas comunicaciones fluviales... Líneas de vapores... Grandes empresas de transporte... Vapores de poco calado para llegar a las fuentes del río... Tal vez tendremos una línea de ferrocarril... Y tendremos serrerías, central de energía eléctrica, una banca propia, una compañía comercial, un sindicato... ¿Qué te parece? Pero tú, calladito hasta que yo vuelva.

Los trineos se detuvieron al llegar al punto en que la pista cruzaba la desembocadura del río Stuart, mar de hielo que se extendía hasta perderse en el Este misterioso. Desataron las raquetas de nieve, que llevaban en los trineos. Axel Gunderson estrechó las manos a los demás y se situó a la vanguardia. Sus grandes raquetas se hundían medio metro en la superficie algodonosa, que apisonaba para que los perros no se atascasen. Su esposa marchaba detrás del último trineo. Evidenciaba una larga práctica en el uso del engorroso calzado de nieve. El silencio fue rasgado por alegres gritos de despedida; los perros gimieron y el de las pieles de nutria hizo restallar su látigo para estimular a un can recalcitrante.

Una hora después el convoy parecía un lápiz negro trazando una larga línea recta sobre una inmensa hoja de papel.

II

Una noche, muchas semanas después, Malemute Kid y Prince resolvían juntos problemas de ajedrez que figuraban en una hoja arrancada a una vieja revista. Kid acababa de regresar de sus propiedades de Bonanza y había decidido descansar antes de emprender una larga cacería de alces. Prince había pasado también casi todo el invierno siguiendo arroyos y pistas y anhelaba la paz y el sosiego de una semana en la cabaña.

-Salta el caballo negro y da jaque al rey. No, eso no sirve. Vamos a ver esta otra jugada.

-¿Por qué avanzas el peón dos casillas? Así te lo como y, con el alfil tan mal colocado...

-¡Eso es malo, hombre! Te descubres y...

-No, este lado está protegido. ¡Adelante! Verás como da resultado.

Cuando más enfrascados estaban en la solución del problema, llamaron con los nudillos a la puerta. Hubieron de llamar dos veces para que Malemute Kid dijese: «¡Adelante!» La puerta se abrió. Alguien entró tambaleándose. Prince miró hacia el recién llegado y se puso en pie de un salto. El horror que había en su mirada movió a Malemute Kid a volverse vivamente. También Kid se sobresaltó, aunque estaba acostumbrado a ver cosas desagradables. Aquel ser se acercó a ellos sin verles y con paso vacilante. Prince se apartó y se dirigió al clavo del que pendía su Smith & Wesson.

-¡Santo Dios! ¿Qué es esto? -preguntó en voz baja a Malemute Kid.

-No lo sé. Parece un caso de congelación y de hambre -repuso Kid apartándose hacia el lado opuesto-. ¡Cuidado! Puede estar loco.

Advertido esto, fue a cerrar la puerta.

El extraño ser avanzó hacia la mesa. Sus ojos abotagados advirtieron la alegre llama de la lámpara de sebo. Aquello pareció divertirle y dejó escapar una especie de cloqueo que quería expresar alegría. Luego, de pronto, aquel hombre -pues era un hombre- se echó hacia atrás y, dando un tirón a sus pantalones de piel, empezó a canturrear una tonada parecida a la que cantan los marineros al dar vueltas al cabrestante mientras el mar brama en sus oídos:

El barco del yanqui baja por el río.

¡Hala, muchachos, hala!

¿No quieren saber quién es su capitán?

¡Hala, muchachos, hala!

Es Jonatán Jones de Carolina del Sur.

¡Hala, mucha…!

Se interrumpió de súbito, se acercó, tambaleándose y lanzando gruñidos de lobo, a la alacena donde estaba la carne, y, antes de que Kid y Prince lo pudieran evitar, se apoderó de un jamón y empezó a devorarlo, desgarrándolo con los dientes. Malemute Kid se abalanzó sobre él y los dos empezaron a luchar como condenados. Pero la fuerza de loco que asistía al recién llegado lo abandonó tan súbitamente como lo había asaltado, y entregó el jamón sin ofrecer resistencia. Entre Kid y Prince lo sentaron en un escabel, y él se echó de bruces en la mesa. Una pequeña dosis de whisky lo reanimó y entonces pudo introducir una cucharilla en el bote de azúcar que Malemute Kid puso ante él. Una vez hubo calmado un poco su apetito, Prince le ofreció una taza de caldo muy claro de carne de buey.

Los ojos del hombre brillaban con sombrío frenesí, que llameaba y se desvanecía a cada cucharada. Tenía casi todo el rostro desollado. Su cara, chupada y macilenta, apenas recordaba un semblante humano. Una helada tras otra la habían roído profundamente, al formarse una serie de capa de costras sobre otra de llagas, producidas por las heladas y todavía a medio curar. Aquella mascarilla de sangre negruzca, reseca y dura, estaba cruzada por horribles grietas que dejaban ver la carne viva de color rojo.

Su traje de pieles estaba sucio y hecho jirones. Además, se observaban quemaduras en uno de sus costados, lo que demostraba que el hombre se había caído en una hoguera. Malemute Kid señaló un lugar donde la piel, curtida al sol, había sido cortada a tiras, dramática prueba del hambre que había pasado su dueño.

-¿Quién eres? -preguntó Kid con voz lenta y clara.

El desconocido no le hizo caso.

-¿De dónde vienes?

-El barco del yanqui baja por el río -contestó el extraño ser con voz cascada.

-Ya sé que ese pordiosero bajó por el río -le dijo Kid, zarandeándolo para ver si lograba que hablase con más coherencia.

El desgraciado lanzó un grito y se llevó la mano al costado con un gesto de dolor. Luego se puso lentamente en pie, y quedó apoyado en la mesa.

-Ella se rio de mí… Me miraba con odio… Y no quiso… venir…

Su voz se apagó, y se dejó caer de nuevo en el escabel. Malemute Kid le aprisionó la muñeca y le preguntó:

-¿Quién? ¿Quién no quiso venir?

-Ella, Unga. Se reía y me pegó. Y después...

-¿Qué?

-Y después...

-¿Qué?

-Después estuvo mucho rato tendida en la nieve, sin moverse. Aún sigue allí..., en la... nieve.

Kid y Prince se miraron con un gesto de impotencia.

-¿Quién está en la nieve?

-Ella, Unga, Unga. Me miró con odio, y después...

-Después ¿qué?

-Después sacó el cuchillo..., y me dio una, dos... Estoy muy débil... He venido muy despacio... Hay mucho oro allí, muchísimo oro...

-¿Dónde está Unga?

Malemute Kid se dijo que tal vez aquella mujer se estuviese muriendo a un kilómetro de allí. Sacudió furioso al hombre, repitiendo una y otra vez:

-¿Dónde está Unga? ¿Quién es Unga?

-Está... en... la... nieve.

-¡Habla!

Kid le retorcía cruelmente la muñeca.

-Yo... también... estaría... en... la nieve..., pero... yo... tenía... que... pagar... una deuda. Ha sido... un fastidio... esto de tener... que... pagar... una deuda...

Interrumpió su penosa cantinela para rebuscar en su bolsillo y sacar una bolsa de piel de gamo.

-Una... deuda... que... saldar... Cinco... libras... de... oro... Participación... Mal...e... mute... Kid...

Exhausto, dejó caer la cabeza sobre la mesa. Esta vez, Malemute Kid no pudo hacérsela levantar de nuevo.

-Es Ulises -dijo con voz queda, tirando la bolsa de polvo de oro sobre la mesa-. Creo que Axel Gunderson y su mujer están listos. Bueno; metámoslo entre las mantas. Es indio; por lo tanto, vivirá. Y entonces nos lo contará todo.

Cuando cortaron sus ropas para quitárselas, junto a su tetilla derecha vieron los orificios, de bordes duros y amoratados, de dos puñaladas sin cicatrizar.

III

-Les contaré las cosas a mi manera; pero estoy seguro de que ustedes me entenderán. Empezaré por el principio y les hablaré primero de mí y de la mujer, y después del hombre.

El de las pieles de nutria se acercó a la estufa, cosa muy explicable, pues, de haberse visto privado del fuego, temía que este regalo de la naturaleza pudiera desvanecerse en cualquier momento. Malemute Kid colocó la lámpara de sebo de modo que iluminase las facciones del narrador. Prince se levantó de su litera y fue a reunirse con ellos.

-Yo soy Naass, jefe e hijo de jefe, nacido entre la puesta y la salida del sol, a orillas del mar oscuro, en el umiak de mi padre. Durante toda la noche los hombres manejaron con afán los canaletes y las mujeres achicaron el agua que nos enviaban las olas. Así luchamos con el temporal. La espuma salada se heló sobre el seno de mi madre, que exhaló su postrer aliento cuando amainó la marea. Pero yo..., yo levanté mi voz con el viento y la tempestad y viví… Nuestra morada estaba en Akatan…

-¿Dónde? -preguntó Malemute Kid.

-En Akatan, isla de las Aleutianas; en Akatan, que está más allá de Chignik, y de Kardalak, y de Unimak. Como digo, nuestra morada estaba en Akatan, que se halla en medio del mar, al borde del mundo. Recorríamos los mares salados en busca de peces, focas y nutrias, y nuestros hogares se amontonaban en la lengua rocosa que se extendía entre la linde del bosque y la playa amarillenta donde teníamos nuestros kayaks. No éramos muchos y nuestro mundo era muy pequeño. Hacia el Este había tierras extrañas, islas como Akatan, lo que nos hacía creer que todo el mundo eran islas, y no queríamos saber nada más.

»Yo no era como los míos. En las arenas de la playa se veían los hierros retorcidos y las maderas deformadas por las olas de una embarcación distinta de las que construía mi pueblo. Recuerdo que en la punta de la isla que tenía tres lados en contacto con el océano se alzaba un pino que no podía haber crecido allí naturalmente, pues era alto y de tronco liso y derecho. Se decía que dos hombres se turnaron para vigilar desde allí durante muchos días, a las horas de luz. Estos dos hombres habían llegado en el barco que yacía en la playa hecho pedazos. Eran como ustedes, y tan débiles como las crías de las focas cuando están lejos sus madres y pasan cazadores que regresan con las manos vacías. Yo sé estas cosas por los viejos y las viejas, que las supieron por sus padres y sus madres. Aquellos extraños hombres blancos no se adaptaron de momento a nuestras costumbres, pero el pescado y el aceite les dio con el tiempo vigor y temeridad. Y cada uno de ellos se construyó una casa. Luego eligieron lo mejor de nuestras mujeres y, andando el tiempo, tuvieron hijos. Así nació el que había de ser padre del padre de mi padre.

»Como he dicho, yo era distinto de los míos, pues por mis venas corría la sangre fuerte y extraña de uno de aquellos hombres blancos que llegaron por el mar. Se dice que nosotros teníamos otras leyes antes de la llegada de estos hombres; pero ellos eran feroces y pendencieros y pelearon con nuestra gente hasta que no quedó nadie que se atreviese a enfrentarse con ellos. Entonces se erigieron en jefes, desecharon nuestras viejas leyes y nos dieron otras. A partir de entonces el dueño del hijo fue el padre y no la madre, como había sido siempre entre nosotros. También decretaron que el primogénito heredara todos los bienes de su padre y que los hermanos y hermanas se las compusieran como pudiesen. También nos enseñaron nuevos modos de pescar peces y matar los osos que infestaban nuestros bosques; y nos acostumbraron a acumular grandes reservas de víveres en previsión de las épocas de hambre. Y los nativos vieron que todas estas cosas eran buenas.

»Pero cuando se erigieron en jefes y ya no tuvieron a nadie sobre quien descargar su ira, aquellos extraños hombres blancos lucharon entre sí. Y aquel cuya sangre corre por mis venas clavó su arpón de cazar focas en el cuerpo del otro, tan profundamente que la herida tenía el largo de un brazo. Sus hijos continuaron la lucha, y también los hijos de sus hijos. Y siempre hubo gran odio entre ellos, y alevosas acciones que han llegado incluso hasta mis días. A consecuencia de ello sólo sobrevivió un vástago de cada familia para transmitir la sangre de su estirpe. De mi sangre sólo quedaba yo; de la familia del otro hombre sólo una muchacha, Unga, que habitaba con su madre. Su padre y el mío no volvieron de la pesca una noche; pero después la marea los arrojó a la playa estrechamente abrazados.

»La gente se preguntaba la causa del odio entre las dos casas, y los viejos sacudían la cabeza y decían que la lucha continuaría cuando Unga tuviera hijos y yo engendrara los míos. Me lo decían cuando era niño y, a fuerza de oírlo, llegué a creerlo y a considerar a Unga como una enemiga, como la madre de unos hijos que lucharían contra los míos. Pensaba en estas cosas todos los días, y, cuando ya era mozo, pregunté la razón de ello. Los viejos me contestaron: "Nosotros no lo sabemos, pero así obraron los padres de ustedes." Y yo me maravillaba de que aquellos que tenían que nacer hubieran de luchar por aquellos que habían muerto, y no veía la razón de ello. Pero mi pueblo decía que así debía ser, y yo no era más que un mozo.

»Y dijeron que debía darme prisa a tener hijos para que crecieran y se hiciesen fuertes antes que los de Unga. Esto era cosa fácil, porque yo era jefe y mi pueblo me respetaba por las hazañas y las leyes de mis antepasados y por mis riquezas. Cualquier doncella hubiera venido a mí de buen grado, pero yo no encontraba ninguna de mi gusto. Y los ancianos y las madres de las doncellas me daban prisa, porque los cazadores ya hacían excelentes ofertas a la madre de Unga; y si los hijos de ella crecían y cobraban fuerza antes que los míos, los míos morirían, a buen seguro.

»Al fin, una noche, al regresar de la pesca encontré a la mujer soñada. El sol estaba bajo y me daba en los ojos; el viento desatado y los kayaks competían en velocidad con las olas espumantes. De pronto, el kayak de Unga pasó junto al mío y ella me miró, mientras sus negros cabellos flameaban al viento como una nube oscura y la espuma mojaba sus mejillas. Como he dicho, el sol me daba en los ojos y yo era muy joven; pero, de pronto, lo vi todo claro y comprendí que aquello era la llamada de igual a igual. Cuando ella me adelantó, se volvió para mirarme entre dos golpes de canalete. Me miró como sólo podía mirar Unga. Y de nuevo comprendí que era la amada de mi casta. Los demás gritaron cuando pasamos velozmente junto a los perezosos umiaks y los dejamos atrás, muy atrás. Pero ella manejaba el canalete con brío y celeridad, y mi corazón, henchido como una vela, no la alcanzaba. El viento se hizo más fresco, el mar se cubrió de espuma, y nosotros, saltando como focas hacia barlovento, avanzábamos sobre la áurea senda del sol.

Naass estaba encogido, casi saliéndose del escabel, en la actitud del hombre que maneja un canalete, y le parecía participar de nuevo en la carrera. Al otro lado de la estufa creía ver el cabeceante kayak de Unga y su cabello ondeando el viento. En sus oídos resonaba la voz del viento, y el olor salobre del mar penetraba de nuevo en sus pulmones.

-Pero ella consiguió llegar a la orilla antes que yo y echó a correr por la arena, riendo, hacia la casa de su madre. Aquella noche tuve una gran idea, una idea digna del jefe de todo el pueblo de Akatan. Y cuando la luna salió, fui a casa de la madre de Unga y vi los regalos de Yash-Noosh, amontonados junto a la entrada. Yash-Noosh era un gran cazador que quería ser el padre de los hijos de Unga. Otros jóvenes habían depositado sus regalos allí (al fin se los tendrían que llevar), y cada uno de ellos había hecho un montón mayor que el anterior.

»Yo me eché a reír mirando la luna y las estrellas y volví a mi casa, donde guardaba mis riquezas. Hube de hacer muchos viajes, pero, al fin, mi montón excedió al de Yash-Noosh en un palmo de altura. Puse allí pescado secado al sol y bien curado; cuarenta pieles de foca velluda, y veinte de las ordinarias; y cada piel estaba atada por la boca y llena de aceite. Añadí diez pieles de oso cazados por mí en los bosques, cuando hicieron su aparición en primavera.

Había allí, además, cuentas de colores, mantas y telas de color escarlata, que yo obtenía comerciando con pueblos que estaban más al Este, los que, a su vez, conseguían comerciando con otros pueblos más orientales. Y al contemplar el montón de Yash-Noosh, no pude contener la risa. Yo era jefe en Akatan y mis riquezas eran mayores que las de todos los jóvenes de allí, y mis antepasados habían realizado grandes hazañas, habían legislado y los labios de mi pueblo repetirían eternamente sus nombres.

»Cuando vino la mañana, volví a la playa, mirando de reojo la casa de la madre de Unga. Mi oferta seguía intacta. Y las mujeres sonrieron y se dijeron cosas al oído. Yo me extrañé, porque nunca se había ofrecido semejante precio por una mujer. Aquella noche añadí más cosas al montón y puse a su lado un kayak de pieles bien curtidas que aún no había surcado los mares. Pero al día siguiente seguía allí, convertido en objeto de mofa para todos los hombres. La madre de Unga era astuta y yo me encolericé: me irritaba que me avergonzasen ante todo mi pueblo. Aquella noche llevé más cosas al montón, que se elevó a gran altura, y arrastré hasta ella mi umiak, que valía por veinte kayaks. Y a la mañana siguiente el montón había desaparecido.

»Entonces inicié los preparativos para la boda y vinieron gentes incluso del Este para asistir a la ceremonia y participar en el festín y en el reparto de presentes. Unga era mayor que yo: me llevaba cuatro soles, que así llamábamos nosotros a los años. Yo no era más que un mozo, pero también era jefe e hijo de jefe, y no importaba mi juventud.

»Pero aparecieron las velas de un barco en el horizonte. A impulsos del viento, se acercaban y parecían mayores. Por sus imbornales arrojaban agua clara y sus hombres manejaban afanosamente las bombas. Sobre la proa se alzaba la figura de un hombre fornido, que miraba hacia abajo y daba órdenes con voz de trueno. Sus ojos tenían el color azul pálido de las aguas profundas y su cabeza ostentaba una melena semejante a la de un león marino. Su cabello era dorado como el trigo que cosechan en el Sur y el hilo de abacá que los marineros trenzan para hacer cabos.

»En los últimos años habíamos visto alguna vez un barco a lo lejos; pero aquél era el primero que arribaba a la playa de Akatan. Se interrumpió el festín y las mujeres y los niños se refugiaron en las casas, mientras los hombres esperamos con nuestros arcos y nuestras lanzas apercibidos. Pero cuando el tajamar del barco tocó la playa, aquellos hombres extraños no nos hicieron caso, sino que siguieron enfrascados en sus afanosas tareas. Durante la bajamar, carenaron la goleta, la calafatearon y taponaron un gran agujero que tenía en el casco. Entonces las mujeres salieron sigilosamente y reanudamos el festín.

»Cuando subió la marea, aquellos aventureros de la mar fondearon en aguas más profundas y entonces vinieron a visitarnos y a entregarnos regalos para demostrarnos su amistad. Yo les ofrecí sitio entre nosotros y, generosamente, les obsequié con presentes como a todos mis invitados, porque celebraba mis esponsales y yo era el jefe de Akatan. El de la melena de león marino también estaba allí. Era tan alto y fuerte, que uno esperaba que la tierra temblase bajo sus pies. No apartaba los ojos de Unga. La miraba de hito en hito con los brazos cruzados, y se quedó con nosotros hasta que el sol desapareció y salieron las estrellas. Sólo entonces regresó a su barco. Después de esto, tomé a Unga de la mano y la conduje a mi propia casa. Y hubo allí cantos y risas, y las mujeres se dijeron cosas al oído, como suelen hacer siempre en tales ocasiones. Pero nosotros no les hacíamos caso. Después, todos nos dejaron y volvieron a sus casas.

»Apenas se apagaron las últimas voces, el jefe de los aventureros del mar se acercó a mi puerta. Llevaba consigo unas botellas negras, y bebimos y nos alegramos. No olviden que yo no era más que un mozo y que mis días habían transcurrido hasta entonces en la orilla del mundo. Mi sangre pareció convertirse en fuego y mi corazón se hizo tan ligero como la espuma que el viento arranca al oleaje para lanzarla contra el acantilado. Unga permanecía sentada en silencio en un rincón entre las pieles, con los ojos muy abiertos, como temerosa. Y el de la melena de león marino no hacía más que mirarla. Entonces entraron sus hombres cargados de presentes y amontonaron ante mí riquezas nunca vistas en Akatan. Había allí armas de fuego, grandes y pequeñas, pólvora, perdigones y cartuchos, hachas brillantes, cuchillos de acero, finas herramientas y otras cosas extrañas que yo no había visto jamás. Cuando me dijo por señas que todo aquello era mío, yo, ante tales muestras de generosidad, pensé que era un hombre extraordinario; pero entonces él me indicó que Unga debía acompañarle a su barco... ¿Comprenden...? ¡Unga tenía que irse con él en el barco! La sangre de mis antepasados se encendió de súbito en mí e intenté atravesarlo con mi lanza. Pero la bebida de sus botellas había quitado la fuerza a mi brazo y él me asió por el cuello y me golpeó la cabeza contra las paredes. Yo me sentía débil como un recién nacido. Mis piernas se negaron a sostenerme.

»Unga profirió gritos de desesperación y se aferró a todo cuanto la rodeaba, haciendo caer las cosas, cuando él se la llevó a rastras hacia la puerta. Luego la levantó con sus potentes brazos, y cuando ella tiró de sus cabellos dorados, él se rio con bramidos semejantes a los de una gran foca marina en celo.

»Arrastrándome, conseguí llegar hasta la playa y llamé a los míos. Nada conseguí, pues todos estaban atemorizados. Sólo Yash-Noosh demostró ser un hombre. Pero ellos lo golpearon en la cabeza con un remo y él cayó de bruces en la arena y allí quedó inmóvil. Entonces desplegaron las velas, entonando sus canciones, y el barco se alejó impelido por el viento.

» Mi pueblo dijo que esto era lo mejor, pues, así, se habría terminado para siempre la guerra de linajes en Akatan. Yo callé y esperé a que llegase el tiempo de la luna llena. Entonces cargué cierta cantidad de pescado y aceite en mi kayak y me alejé hacia el Este. Vi gran número de islas y multitud de gentes, y como yo había vivido siempre en el límite del mundo, comprendí que este mundo era muy grande. Conseguí hacerme entender por señas; pero nadie había visto una goleta ni un hombre con melena de león marino, y señalaban siempre hacia el Este. Dormí en sitios extraños, comí cosas raras, vi rostros distintos de los que conocía. Algunos se reían de mí, porque me creían loco; pero a veces los viejos volvían mi cara hacia la luz y me bendecían, y los ojos de las jóvenes se llenaban de ternura al preguntarme por el barco extranjero, por Unga y por los hombres del mar.

»De este modo, a través de mares embravecidos y grandes borrascas, llegué a Unalaska. Había allí dos goletas, pero ninguna de ellas era la que yo buscaba. Hube, pues, de continuar hacia el Este, y vi que el mundo se ensanchaba cada vez más. En la isla de Unamok nadie había oído hablar del barco, y tampoco en Kadiak ni en Atognak. Así llegué un día a una región rocosa donde los hombres abrían grandes agujeros en la montaña. Allí había una goleta, pero no era la que yo buscaba. Los hombres cargaban en ella las rocas que arrancaban de la montaña. Esto me pareció cosa de niños, ya que todo el mundo está hecho de rocas; pero ellos me dieron comida y trabajo. Cuando la goleta se hundía en el agua por el exceso de carga, el capitán me dio dinero y me dijo que me fuese, pero yo le pregunté hacia dónde se dirigía, y él me señaló hacia el Sur. Yo le pedí por señas que me permitiese ir en su barco, y él, primero se echó a reír, pero luego, como andaba escaso de hombres, me aceptó para que ayudase en los trabajos de a bordo. Así fue como aprendí el lenguaje de aquellos hombres, y a halar las cuerdas, y a tomar rizos en las velas cuando se levantaba una súbita borrasca, y a hacer guardias en el timón. Sin embargo, aquello no me resultaba extraño, porque la sangre de mis antepasados era la sangre de los hombres del mar.

»Creí que sería tarea fácil encontrar al hombre que buscaba, una vez me hallase entre los de su propia raza, y cuando un día avistamos tierra y penetramos en un puerto, pensé que tal vez vería tantas goletas como dedos tienen las manos. Resultó que los barcos se apretujaban como pececillos junto a los muelles ocupando un espacio de varias millas, y cuando me acerqué a ellos, para preguntar por un hombre que tenía una melena de león marino, los marineros se echaron a reír y me contestaron en lenguas de muchos pueblos. Luego supe que procedían de los más distantes confines de la tierra.

»Entré en la ciudad para mirar las caras de todos los hombres que viera. Pero había tantos como peces en los bancos de pesca; no se podían contar. El barullo me ensordeció y la cabeza me daba vueltas al ver tanto movimiento. Pero yo continué por las tierras que cantan bajo los cálidos rayos del sol; donde los campos de trigo se extienden, opulentos, en las llanuras; donde hay grandes ciudades repletas de hombres que viven como mujeres, con falsas palabras en la boca y el corazón ennegrecido por el afán del oro. Entre tanto, mis paisanos de Akatan cazaban y pescaban, y se sentían dichosos al pensar que el mundo era pequeño.

»Pero la mirada que vi en los ojos de Unga aquel atardecer, al regreso de la pesca, no se apartaba de mi imaginación, y yo estaba seguro de que la encontraría un día u otro. Ella caminaba por los tranquilos senderos, invisible en la penumbra del anochecer, o huía ante mí por los ubérrimos campos, húmedos del rocío matinal, con los ojos llenos de aquella promesa que sólo Unga, la mujer única, podía hacerme.

»De este modo recorrí un millar de ciudades. En algunas fueron bondadosos conmigo y me dieron de comer, en otras se rieron de mí, y en otras me maldijeron. Pero yo me mordía la lengua y me adaptaba a las extrañas costumbres de aquel mundo y me acostumbraba a sus sorprendentes espectáculos. A veces, yo, que era jefe e hijo de un jefe, trabajé para otros hombres..., unos hombres que hablaban con aspereza y eran duros como el hierro, unos hombres que amasaban el oro con el sudor y el sufrimiento de sus semejantes. Sin embargo, no supe nada de aquel a quien buscaba hasta que volví al mar, como una foca que regresara a su cubil. Esto ocurrió en otro puerto, en otro país situado al Norte. Allí oí confusos relatos acerca del aventurero de áureos cabellos que recorría los mares, y supe que era cazador de focas y que entonces se encontraba en el océano.

»Al saber esto me embarqué con los perezosos siwashes en una goleta que iba a cazar focas, y seguí la invisible pista hacia el Norte, donde la caza mencionada estaba en su apogeo. La expedición duró una serie de meses, que fueron duros y fatigosos, y yo hablé con gran número de hombres de la flota, que me contaron infinidad de proezas y hazañas salvajes del hombre que buscaba. Pero no nos acercamos a él durante nuestro viaje de caza. Fuimos más al Norte, llegamos hasta las Pribilofs, y matamos focas por manadas en la playa. Llevábamos los cuerpos aún calientes a bordo, y llegó un momento en que nuestros imbornales vomitaban grasa y sangre y nadie podía permanecer en cubierta. Entonces nos persiguió un vapor de marcha lenta, que disparó contra nosotros potentes cañones. Pero nosotros largamos trapo hasta que la mar saltó sobre nuestra cubierta y la lavó, y nos perdimos en la niebla.

»Dicen que en aquellos días, mientras nosotros huíamos asustados, el aventurero de rubios cabellos tocó en las Pribilofs, desembarcó en la factoría y, mientras parte de sus hombres tenían a raya a los empleados de la compañía, los restantes cargaron diez mil pieles que estaban en salazón. Esto es lo que cuentan, y yo lo creo, porque durante los tres viajes que hice por los mares del Norte sin encontrarlo, no cesé de oír hablar de sus hazañas y de su osadía. Y, al fin, las tres naciones que tienen tierras en aquellas latitudes se lanzaron en su busca con sus naves. También oí hablar de Unga. Los capitanes se hacían lenguas de ella, y supe que le acompañaba siempre. Me dijeron que había aprendido las costumbres del pueblo de él y que era dichosa. Pero yo sabía que esto no era verdad, sino que ella suspiraba por volver junto a los suyos, a la amarillenta playa de Akatan.

»Así, después de mucho tiempo, volví al puerto que está junto a un paso que da a la mar, y allí me enteré de que él se había ido al otro lado del gran océano, al este de las cálidas tierras que descienden hacia el Sur desde los mares rusos, para cazar focas. Y yo, que me había convertido en navegante, me embarqué con hombres de su raza que iban a cazar focas, y fui en pos de él. A la altura de aquellas tierras nuevas encontramos pocos barcos y nos mantuvimos al costado de la manada de focas y la acosamos en su viaje hacia el Norte durante toda la primavera de aquel año. Y cuando las hembras iban a parir y cruzaron la línea de las aguas rusas, nuestros hombres gruñeron y dieron muestras de temor, pues la niebla era muy espesa y todos los días se perdían algunos botes con sus hombres. Se negaron a trabajar, y el capitán tuvo que emprender el regreso. Pero yo sabía que el aventurero de la rubia cabellera no conocía el miedo y no abandonaría la manada aunque tuviese que dirigirse a las islas rusas, visitadas por muy pocos hombres. Y una noche, cuando las tinieblas eran más densas y el vigía dormitaba en el castillo de proa, yo lancé al agua un bote y me dirigí solo a las tierras cálidas. Viajé hacia el Sur para reunirme con los hombres de la bahía de Yeddo, que son salvajes y no temen a nada. Las muchachas de Yoshiwara son menudas, graciosas y brillantes como el acero; pero yo no podía detenerme, porque sabía que Unga se balanceaba a bordo de un barco que mecía las aguas de los reductos septentrionales de las focas.

»Los hombres de la bahía de Yeddo habían llegado de todos los puntos de la tierra; no tenían dioses ni patria y se habían enrolado bajo la bandera de los japoneses. Yo fui con ellos a las ricas playas de la isla del Cobre, donde amontonamos piel sobre piel en nuestros compartimientos de salazón. En aquel mar silencioso no vimos ni un alma hasta que estábamos a punto de marcharnos. Al fin, la niebla se levantó, empujada por un vendaval, y vimos que poco faltó para que nos abordara una goleta sobre cuya estela se alzaban las chimeneas humeantes de un acorazado ruso. Emprendimos la huida con viento de costado. La goleta navegaba en conserva con nosotros, casi tocando nuestra borda y ganándonos terreno poco a poco. Y en la popa se alzaba el hombre de la melena de león marino, ordenando que izasen todas las velas y riendo con su risa llena de vitalidad. Y Unga también estaba allí -la reconocí inmediatamente-; pero él la mandó abajo cuando los cañones empezaron a hablar a través del mar. La goleta nos ganaba terreno imperceptiblemente, y al fin vimos alzarse ante nosotros su verde timón cada vez que levantaba la popa. Yo hacía girar la rueda del timón y maldecía, con la espalda vuelta a la artillería rusa. Porque comprendimos que aquel hombre nos había tomado la delantera, sólo para poder huir mientras nos prendían a nosotros. Nos derribaron los mástiles y, al fin, nos arrastramos por el mar como una gaviota herida. Él, en cambio, consiguió desaparecer en el horizonte... llevándose a Unga.

»¿Qué podíamos hacer? Las pieles frescas eran una prueba harto elocuente. Nos llevaron a un puerto ruso y de allí a un país desierto, donde nos pusieron a trabajar en unas minas de sal. Algunos murieron, pero otros conservaron la vida.

Naass apartó la manta que le cubría los hombros y dejó al descubierto su carne atravesada por las inconfundibles estrías impresas por el knut. Prince se apresuró a cubrir sus hombros, desagradablemente impresionado.

-Pasábamos muchas penalidades. Algunos penados se escapaban hacia el Sur, pero siempre regresaban. Los que procedíamos de la bahía de Yeddo nos levantamos una noche, nos apoderamos de los fusiles de nuestros guardianes y nos fuimos hacia el Norte. Aquel país era inmenso, y tenía llanuras cenagosas y grandes bosques. Pero vinieron los fríos. Había mucha nieve en el suelo, y nadie conocía el camino. Durante meses y meses avanzamos fatigosamente por el bosque interminable... No recuerdo bien, pero sí que teníamos poca comida y que con frecuencia nos tendíamos en el suelo a esperar la muerte. Mas, al fin, llegamos al mar frío. Ya sólo quedábamos tres para contemplarlo. Uno de ellos había zarpado de Yeddo como capitán y recordaba la configuración de las grandes tierras y de los lugares por donde los hombres pueden pasar de unas a otras sobre el hielo. Y él nos condujo (no lo recuerdo bien, porque fue muy largo), hasta que sólo quedamos dos. Cuando llegamos a aquel sitio encontramos a cinco de los extraños hombres que viven en aquellos parajes. Tenían perros y pieles y nosotros éramos muy pobres. Luchamos en la nieve y ellos murieron. El capitán también murió y yo me quedé con los perros y las pieles. Entonces crucé el hielo, que estaba resquebrajado. Una vez fui a la deriva hasta que una tempestad de poniente me arrojó sobre la costa. Y después de esto llegué a la bahía de Golovin, a Pastilik, y, en fin, adonde residía el sacerdote. Luego me dirigí al Sur, siempre al Sur, hacia los países cálidos y soleados que había recorrido primero.

»Pero la mar ya no daba casi nada: los que iban a ella a cazar focas obtenían míseras ganancias y corrían grandes riesgos. Las flotas se dispersaron y ni los capitanes ni sus hombres tenían noticias de aquellos que yo buscaba. Entonces abandoné el mar, siempre inquieto, y me interné en la tierra, donde los árboles, las casas y las montañas no se mueven nunca de su sitio. Viajé hasta muy lejos y aprendí muchas cosas, incluso el arte de leer y escribir, gracias a los libros. Esto me hacía feliz, porque me decía que Unga debía de haber aprendido también estas cosas, y así, cuando llegase el momento... nosotros... ¿Comprenden...?

»Fui a la deriva como barquillas que levantan una vela al viento pero que no se pueden dirigir. Sin embargo, mis ojos y mis oídos estaban siempre abiertos y hablaban con hombres que viajaban mucho, pues sabía que éstos podían haber visto a los que yo trataba de encontrar. Por último, conocí a un hombre que acababa de llegar de las montañas. Llevaba pedazos de roca en las que había granos de oro puro del tamaño de los guisantes, y éste sí había oído hablar de ellos. Incluso los había visto y los conocía. Me dijo que eran ricos y que vivían en un lugar donde sacaban el oro de la tierra.

»Este lugar estaba en un país salvaje y remoto; pero, con el tiempo, yo llegué a aquel campamento oculto entre las montañas, donde los hombres trabajaban noche y día sin ver el sol. Sin embargo, el momento no había llegado aún. Oyendo lo que decía la gente, supe que él se había ido -y ella con él- a Inglaterra en busca de hombres ricos para formar compañías. Vi la casa en que habían vivido. Parecía un palacio como los que se ven en los países antiguos. Por la noche me introduje por una ventana, para ver cómo había vivido ella con él. Pasé de una estancia a otra y me dije que así debían de vivir los reyes y las reinas, tan suntuoso era todo. Me dijeron que él la trataba como a una reina, y la gente se preguntaba, maravillada, de qué raza sería aquella mujer. Y es que no era como las demás mujeres de Akatan, ya que era una reina, y nadie lo sabía. Sí, ella era una reina; pero yo era un jefe e hijo de un jefe, y había pagado por ella un precio incalculable en pieles, embarcaciones y cuentas de colores.

»Pero esto poco importa. El caso es que yo era un hombre de mar y estaba acostumbrado a la vida marinera. Los seguí a Inglaterra y de allí a otros países. Unas veces oía hablar de ellos; otras, leía cosas sobre ellos en los periódicos. Pero no conseguía verlos, porque tenían mucho dinero y viajaban por los medios más rápidos, y yo, en cambio, era pobre. Luego tuvieron ciertos reveses de fortuna y, al fin, su riqueza se disipó como el humo.

»Los periódicos hablaron mucho de ellos entonces, pero después el mayor silencio los rodeó, y yo supe que habían vuelto al país donde se podía arrancar el oro de las entrañas de la tierra.

»Parecían haber abandonado el mundo avergonzados de su pobreza, y yo tuve que ir de campamento en campamento. Así llegué, por el Norte, hasta el país de Kootenay, donde descubrí de nuevo su rastro. Habían pasado por allí y se habían ido, unos decían que en esta dirección, y otros que en aquélla. Pero algunos aseguraban que se habían dirigido a la región del Yukon, y hacia allí fui yo, y después a otro sitio, y seguí viajando de un lugar a otro hasta que empecé a sentirme fatigado y miré con aversión la inmensidad del mundo. En Kootenay recorrí una pista pésima e interminable con un mestizo del Noroeste, que murió de hambre. Había llegado al Yukon utilizando un camino desconocido a través de las montañas, y cuando comprendió que se acercaba su fin, me entregó un mapa y el secreto de un lugar donde me juró por sus dioses que había oro a espuertas.

»Después de esto, todo el mundo empezó a dirigirse al Norte. Yo era pobre y, por un sueldo, empecé a trabajar como conductor de perros. El resto ya lo saben. Los encontré en Dawson. Ella no me conoció. Cuando nos separamos yo era un mozo. Había pasado mucho tiempo, y era natural que no se acordara de aquel que había pagado por ella un precio incalculable.

»Después, gracias a ti, no hube de cumplir el tiempo que me faltaba de servicio. Volví para hacer las cosas a mi modo. Había esperado mucho tiempo y ahora que le había echado el guante no tenía prisa. Como digo, pensaba hacer las cosas a mi modo, porque veía toda mi vida abierta ante mis ojos como un libro en el que se contara lo mucho que había visto y sufrido. Me acordé, sobre todo, del frío y el hambre que había pasado en los bosques interminables que se extienden a orillas de los mares de Rusia. Como saben, me lo llevé hacia el Este (y a Unga con él), adonde muchos han ido y pocos han vuelto. Los conduje al lugar donde yacen los huesos y resuenan aún las maldiciones de los hombres junto al oro que no pueden tener.

»El camino era largo y la pista estaba cubierta de nieve blanda. Nuestros perros eran muchos y necesitaban gran cantidad de comida, y nuestros trineos no podían seguir viajando hasta la primavera. Debíamos regresar antes de que el río se deshelase. Por lo tanto, de vez en cuando nos deteníamos para ocultar provisiones, con el fin de aligerar la carga y evitar el hambre durante el viaje de regreso. En McQuestion había tres hombres; cerca de ellos escondimos víveres. Y en Mayo hicimos lo mismo. Había allí un campo de caza de una docena de pieles rojas que habían cruzado desde el Sur la línea divisoria. Continuamos la marcha hacia el Este, y ya no vimos ni un alma: sólo el río dormido, la selva inmóvil y el silencio blanco del Norte. Como he dicho, el camino fue largo y la pista mala. A veces, después de avanzar penosamente toda la jornada, sólo habíamos conseguido recorrer doce kilómetros. Avanzábamos dieciséis a lo sumo, y por la noche caíamos rendidos de cansancio. Ni por asomo supusieron nunca que yo fuese Naass, jefe de Akatan, el enderezador de entuertos.

»Entonces ya guardábamos menos cosas en los escondrijos, y por la noche yo volvía a la pista que habíamos dejado y cambiaba los depósitos de modo que se pudiese pensar que los habían descubierto los carcayús. Luego pasamos por un sitio donde las pendientes del río eran abruptas. Allí las aguas revueltas se habían llevado la parte de abajo del hielo que aparecía en la superficie. En este lugar el trineo que yo conducía se hundió con los perros y se perdió. Él y Unga lo atribuyeron a la mala suerte. En aquel trineo había mucha comida y sus perros eran los más fuertes. Pero él se echó a reír, porque era valeroso y estaba lleno de vida. Acortó las raciones de los perros que quedaban, y después los fuimos quitando de la traílla uno por uno y entregándolos a sus compañeros para que los devorasen. Él decía que regresaríamos rápidamente, deteniéndonos para comer de escondrijo en escondrijo, sin perros ni trineos, pues las provisiones que llevábamos eran ya tan escasas, que el último perro murió enganchado al trineo la noche en que llegamos al sitio donde estaba el oro junto a los huesos y los ecos de las maldiciones de los hombres.

»Para alcanzar aquel sitio (el mapa lo indicaba con exactitud), situado en el corazón de las grandes montañas, tallamos escalones en el muro de hielo que nos cerraba el paso. Esperábamos encontrar un valle al otro lado, pero no había tal valle: la nieve se extendía hasta muy lejos, lisa como los grandes campos de trigo, y a nuestro alrededor las altivas montañas alzaban sus blancos cascos hasta las estrellas. En el centro de aquella extraña llanura formada sobre un valle, la tierra y la nieve se hundían como si cayesen hacia el corazón del mundo. Si no hubiésemos sido gente de mar, la cabeza nos habría dado vueltas ante aquel espectáculo, pero nosotros nos detuvimos sin asomo de vértigo al borde de la cima tratando de descubrir el camino para bajar. Por un lado la abrupta pared se había desmoronado y aparecía inclinada como la cubierta de un barco cuando la vela más alta del palo mayor recibe el soplo del viento. Yo no sé por qué era así, pero así era.

»-Esto es la boca del infierno -dijo él-. Bajemos.

»Y bajamos.

»En el fondo había una cabaña hecha de troncos que su constructor había arrojado desde lo alto. Era una cabaña muy vieja en la que habían muerto hombres solitarios en épocas diferentes. Sus últimas palabras y sus desesperadas maldiciones estaban escritas en trozos de corteza de abedul, y pudimos leerlas. Uno murió de escorbuto; el socio de otro le robó los últimos víveres y la pólvora y huyó; un tercero fue gravemente herido por un oso gris de cara lampiña; otro se fue a cazar y pereció de hambre. Así murieron muchos. No querían dejar el oro, y murieron junto a él de una manera o de otra. Y aquel oro inútil que ellos habían recogido amarilleaba en el suelo de la cabaña como en un sueño.

»Pero el alma de aquel hombre era firme y su cabeza se mantenía despejada, aun después del largo viaje.

»-No tenemos nada que comer -dijo-. Sólo miraremos un momento este oro. Veremos de dónde procede y cuánto hay. Después nos iremos inmediatamente, antes de que nos entre por los ojos y nos haga perder el juicio. Y así podremos volver más adelante, con más comida, para cogerlo todo.

»Entonces vimos el gran filón. Atravesaba la pared del pozo de modo inconfundible. Lo medimos y lo señalamos por encima y por debajo, y clavamos las estacas que marcaban nuestra denuncia y quemamos los árboles para que se conocieran nuestros derechos. Entonces, con las rodillas temblorosas por falta de alimento, sintiendo un gran vacío en el estómago, y pareciéndonos que el corazón se nos iba a salir por la boca, escalamos la abrupta pared por última vez y nos dispusimos a emprender el regreso.

»En el último trecho arrastramos a Unga entre los dos y caímos varias veces, pero, al fin, llegamos al escondrijo. La comida había desaparecido. Yo había hecho un buen trabajo, porque él creyó que aquello había sido obra de los carcayús y los maldijo a ellos y a sus dioses. Pero Unga era valerosa, y sonrió, y puso su mano en la de él. Entonces yo tuve que volverme para no delatarme.

»-Descansaremos junto al fuego -dijo ella- hasta que llegue la mañana y nos alimentaremos con los mocasines.

Entonces cortamos la parte superior de nuestros mocasines a tiras y las pusimos a hervir. Las tuvimos hirviendo hasta media noche, para poder masticarlas y tragarlas. Y por la mañana comentamos nuestra mala suerte. El siguiente escondrijo estaba a cinco días de viaje. No podíamos llegar a él. Teníamos que encontrar caza.

»Y él dijo entonces:

»-Iremos a cazar.

»Yo respondí:

»-Sí, iremos a cazar.

»Y él dispuso que Unga se quedara junto al fuego para no fatigarse. Y salimos a cazar. Él fue en busca de alces y yo del escondrijo que había cambiado de lugar. Por la noche él cayó muchas veces mientras regresaba al campamento. Y yo hice ver que estaba también muy débil, dando traspiés, de modo que cada paso que daba pareciese que iba a ser el último. Y para cobrar fuerzas, seguimos comiéndonos nuestros mocasines.

»¡Qué hombre tan extraordinario! Su alma sostuvo su cuerpo hasta el final. Nunca se quejó en voz alta, y sólo se lamentó de la suerte que pudiera correr Unga. Durante el segundo día yo le seguí, para presenciar su final. Él se echaba a descansar con más frecuencia. Aquella noche ya estaba medio muerto, pero por la mañana lanzó un juramento con voz apenas perceptible y volvió a salir. Andaba como un borracho. Me pareció muchas veces que iba a rendirse, pero era fuerte como el hierro y tenía alma de gigante. Consiguió mantenerse en pie durante todo aquel día, a pesar de su extrema extenuación. Y cazó dos lagópodos. Se los podía haber comido sin encender fuego, y aquellas aves le habrían devuelto las fuerzas, pero no quiso hacerlo: sólo pensaba en Unga y en regresar al campamento con la caza. Ya no andaba: avanzaba arrastrándose sobre la nieve con las manos y las rodillas. Yo me acerqué a él y leí la muerte en sus ojos. Todavía no era demasiado tarde para que se comiera los lagópodos; pero él tiró el rifle, cogió las aves como un perro, y así continuó su avance.

»Yo iba a su lado, y él, cuando se detenía a descansar, me miraba, sorprendido de mi resistencia. Esta sorpresa la tuve que leer en sus ojos, porque él ya no podía hablar: sus labios se movían, pero de su boca no salía sonido alguno. Desde luego, era un hombre extraordinario y mi corazón se inclinaba a la piedad; pero volvía a ver el libro de mi vida abierto ante mis ojos, volvía a acordarme del frío y del hambre que me habían atormentado en los inmensos bosques del litoral ruso... Además, Unga era mía, y había pagado por ella un precio elevadísimo en pieles, embarcaciones y valiosas cuentas.

»Atravesamos la selva blanca. El silencio nos abrumaba como la húmeda niebla marina, y, entre tanto, los fantasmas del pasado flotaban en el aire y me rodeaban. Volví a ver la playa amarillenta de Akatan, y los kayaks que regresaban velozmente de la pesca, y las casas que se alzaban en la linde del bosque. También estaban allí los hombres que se habían erigido en jefes, los legisladores cuya sangre llevaba yo en mis venas y con la que, además, me había unido por medio de Unga... Y Yash-Nooss me acompañaba, con el cabello lleno de húmeda arena y en la mano la lanza, aquella lanza que él mismo había roto, al caer muerto sobre ella. Y recordé la promesa que percibí en la mirada de Unga.

»Atravesamos la selva blanca y, al fin, hirió nuestro olfato el humo del campamento. Entonces yo me incliné hacia mi compañero y le arranqué los lagópodos de la boca. Él se echó de costado para descansar, y vi que aumentaba la sorpresa que expresaban sus ojos, y que su mano se deslizaba lenta y disimuladamente hacia el cuchillo que llevaba en su cintura. Yo le quité el cuchillo, acerqué mi rostro al suyo y sonreí. Al advertir que ni siquiera entonces comprendía, repetí los movimientos que hice cuando bebí en las botellas negras, y cuando él amontonó regalos sobre la nieve, y reproduje todas las escenas de mi noche de bodas. No pronuncié ni una palabra, pero él, entonces, me entendió. Sin embargo, no demostró temor alguno, sino que hizo acopio de entereza y sonrió desdeñosamente, presa de una fría cólera.

»No estábamos lejos del campamento, pero la nieve era blanda y él se arrastraba con gran lentitud. Una vez permaneció tendido tanto tiempo, de bruces, que le di la vuelta y lo miré a los ojos. Me pareció leer la muerte, pero luego vi que él me miraba también. Esto ocurrió varias veces. Y cuando dejé de mirarle, él continuó su penoso deslizamiento.

»Al fin, llegamos junto a la hoguera. Unga acudió a su lado, y él movió los labios y me señaló, con el deseo de hacerle comprender lo que había ocurrido. Después quedó inmóvil y así permaneció largo rato. Aún está allí, tendido en la nieve.

»Yo asaba los lagópodos en silencio. Cuando hube terminado, hablé a Unga en su propia lengua, aquella lengua que ella no había oído desde hacía muchos años.

»Entonces ella se irguió, asombrada, con los ojos muy abiertos, y me preguntó quién era y dónde había aprendido a hablar de aquel modo.

»-Soy Naass -le contesté.

»-¿Es posible? -exclamó.

»Y se acercó a mí para poder examinarme mejor.

»-Sí -insistí-, soy Naass, jefe de Akatan, el último de mi estirpe, así como tú eres el último vástago de la tuya.

»Entonces ella se echó a reír. He corrido mucho mundo y he visto muchas cosas, pero nunca he oído una risa como aquélla. Al verme allí, en el silencio blanco, junto a la muerte y oyendo la risa de aquella mujer, un escalofrío recorrió mi alma.

»Creyendo que Unga desvariaba, le dije:

»-Cómete esto y vámonos. Akatan está muy lejos.

»Pero ella ocultó el rostro en los rubios cabellos de aquel hombre y siguió riéndose de tal modo, que yo creí que el cielo iba a desplomarse sobre nuestras cabezas.

»No comprendía la actitud de Unga: me había imaginado que experimentaría una inmensa alegría al verme y que se conmovería al recordar los tiempos pasados.

»-¡Vámonos! -exclamé, cogiéndola de la mano y tirando de ella fuertemente-. El camino es largo y oscuro. Tenemos que partir en seguida.

»-¿Adónde me quieres llevar? -me preguntó Unga, sentándose en la nieve y ya sin reír de aquel modo extraño.

»-A Akatan -respondí escrutando su rostro y esperando que le vería iluminarse al oír este nombre.

»Pero su semblante expresó una fría cólera semejante a la que había visto en el rostro del hombre. Y sus labios se torcieron en una sonrisa despectiva.

»-Sí -dijo mordazmente-, nos iremos cogiditos de la mano a Akatan, y viviremos en aquellas sucias chozas, y nos alimentaremos de pescado y aceite, y engendraremos hijos, de los que nos sentiremos orgullosos toda la vida. Nos olvidaremos del mundo y seremos felices. ¡Será magnífico! ¡Vámonos! Partamos ahora mismo. Volvamos a Akatan.

»Y empezó a acariciar los rubios cabellos de aquel hombre y sonrió de un modo que me mortificó. En sus ojos no leí ninguna promesa.

»Permanecí sentado en la nieve, en silencio, atónito ante el extraño proceder de las mujeres. Recordaba la noche en que él me la arrebató, y ella gritó y le tiró de los cabellos, de aquellos mismos cabellos que ahora acariciaba y de los que no se quería apartar. Después recordé el precio que pagué por ella, y los largos años que pasé esperándola. Y entonces la atenacé con mis manos y me la llevé a rastras como él se la había llevado aquella noche. Y ella se resistió como se había resistido entonces, luchó como una gata por sus hijuelos. Cuando la hoguera quedó entre nosotros y el hombre rubio, la solté y ella se sentó para escucharme. Le conté todo lo que había sucedido; le hablé de mis penalidades en mares extraños, de todo cuanto había hecho en tierras desconocidas, de mi agotadora busca, de mis años de hambre y de la promesa que ella me había hecho antes que a nadie. Sí, se lo conté todo, incluso lo ocurrido entre aquel hombre y yo.

»Y mientras hablaba, vi surgir en su mirada la promesa, plena y grandiosa como un amanecer. Y leí en sus ojos la piedad, la ternura de mujer, el amor…, el amor de Unga. Me sentí rejuvenecido, pues aquella mirada era la misma que yo había visto en sus ojos cuando corrió por la playa, entre risas, hacia la casa donde vivía con su madre. Mi horrible inquietud había terminado, y también el hambre, y la angustia de la espera. Había llegado el momento. Sentí la llamada de su pecho y me dije que ya podía apoyar en él la cabeza y olvidar. Unga me abrió los brazos y yo me acerqué a ella. Entonces, súbitamente, el odio llameó en sus ojos, su mano rozó mi cintura y sentí dos puñaladas.

»-¡Perro! -me dijo, como escupiéndome las palabras, mientras yo caía en la nieve.

»Luego rasgó el silencio con su risa y volvió al lado de su muerto.

»Sí, me apuñaló dos veces; pero estaba débil, hambrienta, y mi destino no era morir entonces. Me propuse quedarme allí y cerrar los ojos para el último y largo sueño, junto a aquellos seres cuyas vidas se habían cruzado con la mía y que me habían llevado a recorrer caminos que yo ignoraba. Pero me acordé de que tenía que saldar una deuda y entonces me dije que no podía descansar.

»El camino fue largo, el frío atroz, apenas tenía nada que llevarme a la boca. Los pieles rojas no encontraron alces y saquearon mi escondrijo. Lo mismo hicieron los tres hombres blancos, pero de poco les sirvió, pues, al pasar junto a su cabaña, vi que sus cuerpos resecos tenían la rigidez de la muerte.

»Después de esto no recuerdo nada, hasta que llegué aquí y encontré comida y fuego..., un buen fuego.

Cuando terminó su relato se encogió, pegado a la estufa, como si temiera perder aquel calor. Durante largo rato, las sombras proyectadas por la lámpara de sebo simularon trágicas representaciones sobre la pared.

-Pero ¿y Unga? -exclamó Prince, todavía bajo los efectos de la impresión que la presencia de esta mujer le había producido.

-¿Unga? No quiso comer. Se tendió junto a él, le rodeó el cuello con los brazos y ocultó su rostro en la rubia cabellera. Yo le acerqué el fuego para que el frío no la torturase, pero ella pasó arrastrándose al otro lado del cadáver. Entonces encendí en este lado una nueva hoguera. Pero de poco sirvió, pues Unga se negó a comer. A estas horas ambos deben de yacer aún en la nieve.

-Y ¿tú que vas a hacer? -le preguntó Malemute Kid.

-No sé, no sé... Akatan es pequeño y tengo muy pocos deseos de volver a vivir a la orilla del mundo. Sin embargo, no tengo ante mí muchos caminos. Podría ir a Constantina, donde me cargarían de cadenas y un día harían un nudo corredizo para mí. Entonces dormiría tranquilo. Pero no sé, no sé...

-Oye, Kid -dijo Prince-. Se trata de un asesinato.

-¡Silencio! -le ordenó Malemute Kid-. Hay cosas superiores a nuestra sabiduría... y que están más allá de nuestra justicia. Nosotros no podemos decir si esto está bien o está mal. No podemos erigirnos en jueces.

Naass se acercó aún más al fuego. Reinó un gran silencio y ante los ojos de aquellos hombres pasaron y se esfumaron muchas imágenes...